COLLECTION FOLIO

+++

Richard Millet

Cœur blanc

ÉDITION REVUE

Gallimard

« C'est en vous-mêmes que vous êtes à l'étroit. »

II, Corinthiens 6

Cœur blanc

J'ai souvent fait l'amour tout seul. Je ne m'en plaignais pas. Joseph, le boulanger de Villevaleix, disait d'ailleurs que je deviendrais fou si je ne le faisais pas. Je n'étais pourtant pas plus timide qu'un autre, mais à cette époque, à Siom, les filles ne se donnaient pas facilement. Il y avait bien les filles à musiciens, après les bals, ou les femmes de forains, mais elles étaient brutales, pressées, riaient quand on se retirait d'entre leurs cuisses et qu'elles nous soufflaient à la figure la fumée de leurs cigarettes. Je ne savais pas encore que la douceur est la seule force des femmes, et leur vraie cruauté ; et si les amoureuses m'ennuyaient, me mettaient en colère, c'était, disait Joseph, que j'étais incapable de chasser le souvenir de ma mère séduite à seize ans, abandonnée, puis épousée par le même homme, mon père, bien des années plus tard et sans qu'il ait vraiment racheté ses torts. Il ne me détestait pas, je crois, mais il ne pouvait s'empêcher de me battre, lorsqu'il avait bu, parce que, soufflait-il, j'étais trop beau et qu'on voyait trop que j'étais le fils de ma mère.

À treize ans, je m'étais laissé longuement caresser par une femme du bourg, une veuve qui m'avait donné ce premier plaisir sans cesser de parler ni de sourire, triste, presque lasse, les yeux tournés vers la fenêtre, comme si je n'avais pas été tout à fait là. Je n'en avais pas moins cru que je connaissais tout de l'amour. L'année suivante, j'avais suivi avec quelques autres le grand Marc derrière l'église, où il avait contraint une jeune romanichelle à nous montrer ses seins, qu'elle avait magnifiques, couleur d'ambre clair, et lourds comme des pis de chèvre. La fille nous regardait avec hauteur, la bouche serrée ; Marc avait mis la main à sa braguette ; quand elle lui demanda ce qu'il attendait, ce que nous attendions tous (elle criait presque silencieusement, comme si elle consentait à tout et qu'elle s'en souciât aussi peu que de mourir), Marc haussa les épaules, blêmit, puis il cracha aux pieds de la fille et s'en alla.

Nous le suivîmes en silence ; avant de passer le dernier contrefort de l'église, je me retournai : la fille achevait de reboutonner sa chemise et me souriait avec un air tendre et lointain que je ne comprenais pas mais qui me brûlait le ventre. Tout autre que moi l'eût rejointe, entraînée dans un hangar tout proche et goûté à ses seins. Tout autre que moi se fût donné l'illusion d'amours orientales dont ceux qui rentraient des combats d'Algérie nous exagéraient les fastes. Je détournai la tête, presque indigné qu'une fille qui avait été si près de se faire violer s'offrît à présent à l'un d'entre nous. Que je restasse innocent jusque dans le mal me déconcertait ; j'aurais voulu pleurer : je ne pouvais me tirer que du sperme en songeant aux seins et au sourire de la jeune romanichelle. Le même soir, je retournai derrière l'église : les nomades avaient levé le camp. J'en étais heureux, et certain que le plaisir que la fille m'aurait donné eût été moindre que celui que nous trouvâmes, le lendemain, tous ensemble, Marc, les autres et moi, à nous délivrer en rond, debout, à l'endroit où elle s'était tenue. Sans doute est-ce ce jour-là que je décidai de rester chaste : décision en vérité peu claire, et chasteté bien singulière, à quoi je ne me tenais qu'au prix de coups de pogne quasi quotidiens, très vite, et n'importe où, en plein champ, dans les cabinets, dans la grange, entre deux portes, dans le fournil, les yeux au ciel, avec souvent des larmes brèves, ou riant comme un innocent.

Mon père disparut. Il nous fut aisé de dire qu'il était parti pour l'Algérie et qu'il était tombé au combat, car, pour nous, il n'existait plus depuis longtemps ; et s'il était revenu, il eût en vain clamé dans tout le bourg qui il était, nous n'aurions pas vu en lui autre chose qu'une figure surgie de l'au-delà avec une trogne rendue méconnaissable par les beuveries et les imprécations, et censée retourner derechef en enfer. Ma mère travaillait à l'usine des Buiges, préférant, me disait-elle, les échardes dans les paumes et la colle à bois qui lui faisait tourner la tête aux travaux de la ferme et au mépris de ses parents. J'avais dix-huit ans, peu de goût pour les études, encore moins pour la grande ville grise où je vivais, pensionnaire toute la semaine, dans une indifférence grandissante à tout. Je quittai le lycée avant les examens. Il me plaisait de nous savoir vraiment pauvres : pour une fois, les choses me semblaient simples. Je trouvai normal qu'on ne m'appelât pas sous les drapeaux ; j'étais insignifiant. Ma mère me mit en apprentissage chez Joseph, à Villevaleix. Naguère, le boulanger des Buiges m'avait, pendant deux étés, embauché comme mitron : je m'étais plié aux heures nocturnes ; mon indifférence me disposait autant à la droiture qu'à la servilité ; et l'odeur de la farine, du levain, du pain en train de cuire me faisait oublier le monde. Cela, je fus heureux de le retrouver, même si les brûleurs qui chauffaient le four continuaient de me terrifier. Joseph était le maître de ce feu ; cet homme puissant et doux devenait effrayant quand il se mettait à hurler pour couvrir le bruit des brûleurs et dire que ces flammes n'étaient rien à côté de celles que les femmes pouvaient faire naître dans un cœur d'homme : il partait aussitôt d'un rire énorme qui découvrait ses dents gâtées par le tabac brun et s'achevait dans une quinte de toux.

Je continuais à croire que les choses n'étaient pas assez simples. Je ne concevais pas que le mal existât autrement que par accident, et les guerres, la prostitution, les maladies, les crimes me semblaient presque irréels. Je vivais trop en moi-même pour n'avoir pas le cœur aussi enfariné que ma figure. Mon métier, je l'apprenais avec patience, presque avec goût. Il n'était d'ailleurs pas dépourvu de prestige. Tous les après-midi, Joseph s'en allait faire sa tournée dans une camionnette jaune pâle où bien des femmes, disait-il, avaient pénétré et s'étaient allongées, sur une couverture de l'armée, pour se laisser aimer parmi les pains chauds dont l'odeur achevait de leur faire perdre la tête. À peine s'il se cachait : nul époux, frère ou père n'eût songé, en voyant la camionnette remuer dans un chemin creux, malgré la rage ou le dépit, à en tirer les corps mêlés ; il était le seul boulanger à des lieues à la ronde, son pain était bon, et les vieilles femmes murmuraient qu'un boulanger qui ne pétrissait pas que du pain mais rendait le goût de vivre à toutes ces femmes plus que mûres était un don du ciel. Joseph le savait, et il se renversait pour rire, tout en caressant entre ses jambes une bosse dont l'ampleur expliquait, autant que son état quasi sacré de boulanger, son impunité. J'avais même entendu un mari murmurer, un soir d'ivresse, que c'était aussi bien comme ça, qu'après tout ça calmait sa bréhaigne de femme qui le laissait à présent en paix.

J'avais pris pension, dans le haut du bourg, chez la mère Teilhac, une de ces noires bonnes femmes qui semblent avoir toujours été veuves. Sa maison, un peu en retrait de la route, dans le tournant, abritait un minuscule bistrot — une buvette, comme elle disait —, et des chambres très claires où quelques jeunes gens comme moi venaient oublier qu'ils étaient laids, timides ou pauvres. Je finis par aimer ma chambre, le papier peint d'un bleu passé, le petit lavabo et son miroir piqué, l'armoire de bambou qui fermait mal et s'ouvrait parfois dans la nuit pour laisser entrer dans la chambre une visiteuse — cette bergère au sourire un peu mièvre et à la poitrine plate, par exemple, qui somnolait parmi ses brebis dans un chromo, au-dessus du lit, et se reflétait dans la porte-miroir. Mais j'aimais plus que tout les vitres à l'intérieur desquelles je comptais les bulles d'air emprisonnées, et, devant la fenêtre, les vieux tilleuls épais et courtauds, et encore, sur la gauche, les roses recouvrant une haute treille en ciment sous laquelle on pouvait boire mais où nul ne s'installait jamais, comme si c'eût été là, maintenant, un luxe inconvenant dans une aussi pauvre bourgade que Villevaleix, et plus encore pour les solitaires de la pension Teilhac. Comme eux, mieux qu'à l'odeur innombrable du printemps et des grands bois de sapins, au sommet de la colline, j'avais fini par être sensible à celles qui montaient de la cuisine : odeurs de soupe chauffant toute la journée sur la cuisinière à bois, et de tabac gris, d'anisette, de vin. J'aimais surtout, après la fournée, m'endormir au petit matin dans le parfum du pain frais que je rapportais du fournil et qui, plus que toute autre, emplissait ma chambre, irrésistible et pur, comme une pâtisserie. À peine si, au grand dam de la mère Teilhac, je prenais le temps de me débarbouiller : la fine poudre blanche que je mêlais à la blancheur des draps et qui me couvrait la figure, les mains et le torse me protégeait mieux, pensais-je avec bonheur, que la croix qu'une aïeule m'avait jadis attachée au cou et que j'avais perdue à l'internat de Limoges. Farine qu'au réveil je faisais voler devant la glace et qui, dans le soleil, devenait de la poussière d'or.

Je ne m'ennuyais pas. J'avais l'habitude d'être seul. Joseph m'avait plusieurs fois offert de l'accompagner en tournée pour connaître des femmes ; mais l'idée de passer derrière lui me répugnait et je ne concevais pas que l'amour ne fût pas une tâche solitaire. Je préférais demeurer sur mon lit, rêvassant aux chiens du soir, aux chansons que diffusait mon transistor, au bavardage des quelques gamins qui avaient fini par trouver le chemin de ma chambre et fumaient avec orgueil mes Gauloises, assis sur le rebord de la fenêtre, et renversant vers le ciel pour exhaler la fumée des mentons et des gorges d'une blancheur extraordinaire. Je demeurais chaste, de la façon que j'ai dite. On me prêta bien une liaison avec une jeune Portugaise qui venait faire les chambres, et à qui, parce qu'elle me regardait avec des yeux trop brillants, j'avais fini par voler quelques baisers puis que j'avais délaissée aussitôt, tremblante et désappointée, malgré sa jolie frimousse, peut-être parce que, la troisième fois qu'elle était venue dans ma chambre, elle avait pris, pour quatre baisers et un sein vite caressé sous la blouse, des mines de future épouse. Je ne pense pas à elle, aujourd'hui, sans effroi : elle s'est mariée peu après avec un agent d'assurances de Guéret, à qui elle donna une fille et qui, sans qu'on sache pourquoi, tira sur l'enfant puis sur la mère avant de se faire sauter le crâne ; la mère seule en réchappa, la mâchoire arrachée, le bassin brisé. Joseph me dit que j'aurais mieux fait de l'épouser, moi : elle était plutôt jolie, point bête, et douce, travailleuse. D'ailleurs je me suis souvent caressé en songeant à elle ; je le lui ai même dit ; elle en a rougi violemment ; peut-être lui faisais-je peur ; peut-être était-elle flattée de ce qu'elle ne comprenait pas tout à fait.

L'été a été là, et avec lui Nadine, frêle adolescente aux cheveux courts et aux yeux dorés qui, pendant les vacances de Pâques, s'était prise pour moi d'une affection d'autant moins explicable que je lui avais toujours montré de la froideur lorsqu'elle montait dans ma chambre avec les autres gamins. Elle était l'unique enfant d'instituteurs limougeauds qui revenaient à Villevaleix pour les vacances. Je m'habituai à Nadine comme je m'étais habitué au chat de la mère Teilhac, pensais-je. Elle fut bientôt la compagne privilégiée de mes promenades ; je lui laissais choisir la direction, quoiqu'elle optât invariablement pour la ferme des Champs, d'où ma logeuse me faisait rapporter chaque soir un bidon de lait frais dans quoi Nadine aimait tremper le museau ; j'avais beau lui représenter que c'était sale, elle rétorquait qu'elle était propre, elle, plus propre que la mère Teilhac ou que moi ; et disant cela elle se dressait sur la pointe des pieds pour brosser mes cheveux, d'où tombait de la farine. Elle croisait alors les bras et me contemplait avec une petite moue. Elle avait treize ans, en paraissait quinze ou seize, selon les jours, et faisait semblant d'être encore une enfant alors qu'elle était presque femme avec son corps délié, ses regards brillants, ses gestes précis et sûrs, ses moues hautaines et sa façon de soupeser son sein droit, quand elle croyait que je ne la regardais pas : ingénuité magnifique à quoi je n'étais cependant pas assez sensible au goût de Nadine, qui s'obstinait à voir en moi, plus qu'un confident ou un observateur singulier, un mystérieux amoureux. Et d'elle je ne me serais pas autrement soucié, aimant avant tout sa capacité à écouter et à se taire, ses grands fous rires qui faisaient rayonner son visage, et son intelligence plus prompte que la mienne, oui, elle n'eût été qu'une agréable compagne de l'après-midi si elle n'avait mis un point d'honneur à me montrer qu'elle pouvait être autre chose, à me plaire d'une autre façon — à se rendre, comme elle disait, digne de moi.

Elle s'y montrait souvent si maladroite et agaçante que je cachais mal mon irritation ; elle en prenait ombrage et restait parfois toute une après-midi sans ouvrir la bouche.

— Tu es indolent, inodore, me soufflait-elle pour finir, n'en pouvant plus, avec ce mélange de naïveté et de finesse qui la rendait si attachante et me faisait lui pardonner sur-le-champ. Elle ne comprenait pas, ajoutait-elle, qu'un garçon de vingt ans et une fille de treize ne rêvent pas d'émotions plus vives, plus bouleversantes que ce plaisir qui lui était apparu dans les songes, qui l'avait laissée clouée à elle-même et dont elle attendait qu'il la cloue à autrui, puisque, disait-elle, il existait des hommes et des femmes. Mon indolence semblait lui donner sur moi de ces droits que les femmes ont tôt fait de s'octroyer dès lors que nous leur dévoilons un peu de notre histoire. J'avais en effet, avec trop de complaisance, et peut-être pour lui donner à ronger un os qui la récompensât de ce qu'elle me livrait d'elle, révélé à Nadine que j'étais, pour reprendre une de ses expressions, un cœur à prendre. On voit combien mal je connaissais celui des femmes. Nadine ne rêva plus de régner sur le mien, me morigénant, me représentant qu'un garçon tel que moi ne pouvait vivre sans petite amie, que la vie n'était pas si féroce que je dusse rester tout seul, dans cette bourgade perdue, que j'avais tout pour plaire, et que s'il ne tenait qu'à elle (et elle disait cela avec un rire agaçant de petite maîtresse), je serais choyé comme jamais on ne l'avait été. Et elle aurait bientôt décidé de tout, y compris de ma façon de me vêtir et des heures pendant lesquelles nous n'étions pas ensemble, si sa vivacité ne se fût brisée contre mon indifférence et mon apathie. Elle me quittait fâchée, les larmes aux yeux, attendant un peu, avant de claquer la porte, que je la rappelle, guettant encore dans le couloir. Mais je ne songeais déjà plus à elle ; l'après-midi touchait à sa fin ; allongé sur le lit, les pieds nus entre les barreaux de cuivre, je regardais la lumière d'août modifier les ombres de la chambre. Je me serais volontiers abandonné au sommeil, dans les odeurs de soupe qui montaient de la cuisine et se mêlaient à celles du tilleul et des roses ; mais il me fallait, comme chaque soir, porter les mains à mon sexe qui se dressait à ce moment comme une vieille douleur qui se ravive, me rappelant que j'avais un corps, et je me caressais jusqu'à ce que le sperme se soit répandu sur mon ventre.

Le tilleul poussait si près de la fenêtre que chaque nuit, avant l'aube, en ouvrant les volets, j'en arrachais une feuille que je mâchonnais un instant avant de partir pour le fournil. Lorsque je découvris, ce soir-là, que Nadine, juchée sur la branche maîtresse, n'avait rien perdu de mes gestes, je me relevai à moitié, bien décidé à lui interdire ma chambre. Elle me regardait en souriant, plus grave que d'habitude, mais nullement étonnée ; j'avais eu pour elle, dans l'après-midi, des mots assez durs qu'il fallait me faire pardonner. Je retombai sur le lit. Nadine sauta dans la chambre, sans faire beaucoup plus de bruit que le chat de la logeuse, regarda la semence étalée sur mon ventre, voulut y toucher. Je lui criai de s'en aller. Elle n'écoutait pas ; elle prit un gant, le mouilla, me nettoya le ventre, rinça le gant, puis me le passa sur la figure avec tant de douceur que je me sentis délivré comme jamais je ne l'avais été. Alors elle déposa un baiser sur ma joue et s'en alla par la porte. Elle n'avait pas dit un mot.

Sans doute n'était-ce pas la première fois qu'elle m'épiait. Si elle comprenait mal ce à quoi je me livrais, du moins devinait-elle combien cela m'était nécessaire — et à cette délivrance elle voulait prendre part, petite mère, amante imaginaire et silencieuse qui, soir après soir, vint attendre dans le tilleul que j'en aie fini avec l'étrange cérémonie pour bondir près de moi. Me faut-il ajouter que mon plaisir trouva, dans ces circonstances, une intensité nouvelle, quasi parfaite, qui me tirait des larmes de joie ? Nadine avait elle aussi les yeux humides et murmurait, accroupie près de moi, qu'il ne fallait pas pleurer, que c'était fini, que je ne souffrais plus puisqu'elle était là, maintenant, avec moi. Et je fermais les yeux en souriant, le cœur battant moins vite, le ventre vide, transparent. Ces fins d'après-midi furent bientôt le chef-d'œuvre de nos journées ; nous n'en parlions jamais ; nous nous séparions vers six heures, après la promenade ; je montais seul à ma chambre, me dévêtais, m'allongeais ; Nadine surgissait sans bruit et je lui disais qu'elle avait le silence et la beauté de la nuit qui vient. Je crois que j'ai été heureux, cet été-là, et que ce bonheur m'aurait laissé croire que la vie n'était, en effet, pas aussi féroce que je l'imaginais si Nadine, un soir, à la fin du mois d'août, en s'élançant du tilleul, n'eût mal assuré ses pieds, glissant sur la branche moussue ; elle tomba sans un cri ; mais le bruit de son corps, je l'entendis comme si j'avais été sur le ciment ou que j'eusse regardé choir un drap humide sur le plancher de la chambre. Je restai immobile, la bouche ouverte sur un cri qui ne sortirait jamais, mais que je ne cesse plus d'entendre. Je ne fus capable de bouger qu'au moment où s'élevèrent sous ma fenêtre des gémissements et des voix. Je me suis approché : Nadine gisait sur le ciment, la tête baignant dans un peu de sang, parmi des feuilles et des fleurs ; ses yeux étaient ouverts ; elle respirait doucement et se mit à sourire lorsqu'un peu de farine s'échappant de mes cheveux tomba sur sa figure.

L'offrande méridienne

En ce temps-là j'avais à peine douze ans, je ne connaissais de la vie que ce qu'il faut en savoir à la ferme, beaucoup et pas grand-chose, mais j'étais déjà une grande, surtout depuis que ça avait coulé entre mes cuisses : j'avais regardé ça avec effroi, puis soulagement, parce que la grande Eugénie Fargeat m'avait dit que les trous sont là pour que ça y coule, comme l'eau, comme les jours. Quand elle et le père Fargeat sont venus me tirer de l'orphelinat, à l'automne, pour m'amener à Siom, je savais lire, écrire et calculer un peu, mais je ne voyais pas à quoi tout ça me servirait, même si j'étais contente d'apprendre mieux que les autres, bien mieux, par exemple, que cette bête d'Aurélia Bouladou qui, tant comme elle me battait dans la cour, près des cabinets, parce que sœur Blanche disait que j'étais intelligente, en avait les phalanges écorchées. Parfois la vieille Léa, la mère de la grande Génie, voulait que je lui lise un peu des *Misérables* ; j'étais fatiguée, on y voyait mal dans la vaste cheminée éclairée par le feu et les yeux me piquaient ; mais j'aimais bien lire Victor Hugo, comme naguère, à l'orphelinat, quand je lisais à voix haute, longtemps, sans comprendre tout, afin de mériter la place près du poêle qui fumait. Le son de ma voix me plaisait tellement que je finissais par pleurer, et j'aimais voir les larmes remplir les yeux de la vieille Léa, ses yeux aux paupières tombantes, sans cils et toutes rouges, ses yeux bleu pâle presque dilués dans un blanc jaunâtre et qui semblaient y voir bien plus loin que la nuit et que les collines, à l'horizon, où je n'étais allée qu'une fois pour regarder, au fond de la vallée, un soir, passer le train de Limoges au milieu de vapeurs plus blanches que sur les étangs.

Oui, j'en connaissais assez de la vie, à douze ans, depuis que mon sang coulait, que ma poitrine poussait et que mes yeux, comme disait la grande Génie, avaient trop de clarté pour qu'elle ne m'allonge pas mes jupes et que je ne cesse de pisser n'importe où, dans le grand pré de derrière surtout, où j'avais fini par creuser une étroite rigole dont j'espérais qu'elle traverserait toute la pente, et que le liquide chaud qui prenait en coulant les couleurs de la terre, de l'herbe et du ciel irait se perdre dans les pierres du mur où il suinterait comme une source. J'avais vu les bêtes s'assaillir, les femelles se débattre un peu avant de souffler étrangement, les yeux à demi fermés. La grande Génie, quand elle m'avait aidée à nettoyer mon sang, m'avait dit que les hommes faisaient comme les bêtes et que les femmes, même celles qui étaient mariées, connaissaient alors un peu de l'Enfer. Je baissais la tête ; je sentais qu'elle disait vrai : les domestiques qu'on embauchait pour l'été et même Damien, notre vieux valet, celui qui sentait si fort le tabac et avait des poils roux dans les oreilles et sur les mains, tous me suivaient maintenant des yeux ; et j'avais l'impression d'être haïe, méprisée, d'avoir à payer pour une faute que je n'avais pas commise, d'être vouée à un malheur plus grand que celui d'être orpheline.

Car les hommes s'étaient mis à me regarder méchamment ; ils s'approchaient si près de moi que je croyais qu'ils allaient me tordre les cheveux, me déculotter et me battre comme plâtre. Mais ils se retenaient dans de grands efforts qui m'effrayaient encore plus ; je me mettais à pleurer ; alors ils restaient là, devant moi, les bras pendants, la face rouge et luisante, les yeux perdus. J'en profitais pour détaler et me réfugiais dans la chambre que je partageais avec Andrée, la fille de la maison. Pauvre Andrée ! Elle était un peu étrange, avec sa figure toujours rouge et souriante, ses longs silences et ses yeux magnifiques, bien plus beaux que les miens, et qui épiaient mes moindres gestes que je devais lui expliquer sans qu'elle paraisse rien comprendre. C'est pourquoi je me réfugiais plus volontiers dans le grand hangar couvert de tôle qu'on venait d'élever de l'autre côté de la cour, en face de la vieille grange ; par une poutrelle aux croisillons de fer, je grimpais à la plate-forme qui s'avançait à mi-hauteur et d'où on pouvait voir, puisque le hangar n'était fermé que sur deux côtés, les plus lointaines collines. Je me faufilais entre les bottes de paille jusqu'à une sorte de niche, tout près du toit, et je pleurais là si longtemps que ça me faisait du bien, surtout quand la pluie se mettait à marteler la tôle.

J'avais parfois trop mal au ventre pour aider à faner ; la grande Génie haussait les épaules, murmurait que je ne valais pas grand-chose, le père Fargeat me pinçait la joue en clignant de l'œil, ce qui m'était si désagréable que je m'accroupissais devant lui, comme si j'avais trop mal, et posais mes petites mains réunies sur son énorme main ; mais il était si fort qu'avec une seule main il m'attrapait les poignets et me levait brusquement de terre jusqu'à sa figure qui sentait le vin, et je voyais briller ses yeux dont je n'ai jamais su s'ils étaient cruels ou bons. Il éclatait de rire et me relâchait. J'avais peu de temps à moi : quand j'avais fini le ménage et qu'on ne m'envoyait pas garder les bêtes, il me fallait veiller sur Léa et sur Andrée, et quand ç'a été la troisième année de la guerre on m'a même laissée à la ferme, l'été, avec pour seule tâche d'avertir s'il venait quelqu'un. Je me juchais sous le toit du hangar d'où j'avais vue sur les deux extrémités de la route, sur les champs et sur la façade de la maison. Il y faisait si chaud que je m'endormais souvent. Nous étions trop loin de tout, dans notre petite combe, nous avions fini par ne redouter ni les soldats ni les maquisards, et je poursuivais là mes songes, dès le matin, parmi les râteaux, les faux et les tamis accrochés aux poutrelles, insoucieuse de ce que pouvaient faire Léa et Andrée, qui n'étaient pas fâchées d'être abandonnées un peu à elles-mêmes et en profitaient pour se promener ensemble dans la cour, l'idiote guidant l'aveugle, la petite-fille et l'aïeule ne formant plus qu'un corps de leurs infirmités, avait dit le curé, et s'entretenant jusqu'au soir dans un langage connu d'elles seules, fait de gestes, de petits cris, de grognements, de rires, de pauvres mots.

Ce matin-là, je suis restée assoupie plus longtemps que d'ordinaire. Damien avait emmené les chiens avec les brebis et devait avoir rejoint les autres, derrière la colline, où on avait fait du seigle. Les poules s'étaient toutes réfugiées sous les noyers du coudert. On sentait que la journée allait être étouffante. Là-haut, sur la paille, je pouvais m'allonger, écarter les jambes, défaire ma blouse, regarder tranquillement mes seins et renifler toutes mes odeurs : la grande Génie n'était pas là pour me le défendre. Léa et Andrée avaient dû monter au grenier où elles s'étaient enfermées. On n'entendait presque rien. Seuls quelques oiseaux tournoyaient, très haut, dans le ciel bleu pâle. Les choses me semblaient bien comme ça, je ne pensais à rien, mes songes étaient creux, on ne m'avait pas appris à rêver. Lorsqu'il y a eu du bruit, un bref bruit d'outil qu'on accroche à une poutrelle, j'ai pensé que c'était Damien ou un autre domestique qui revenait chercher quelque chose. Je n'ai pas bougé. J'ai bientôt entendu d'autres bruits, des grognements, des soupirs, une espèce de chant ; je me suis glissée jusqu'au bord de la barge, espérant bien surprendre une nouvelle fois un de ces hommes en train de se faire, comme ils disaient en ricanant, le coup du père François, à genoux, les yeux fermés, la figure toute rouge et agitant quelque chose de plus rouge encore, entre leurs jambes, d'où jaillissait une sorte de lait qu'ils regardaient se répandre dans l'herbe ou dans la poussière avec de petits cris étouffés.

Il y avait un homme dans la cour, un inconnu, jeune, très grand, la tête entièrement rasée, le torse nu et blanc, avec une plaque autour du cou, un pantalon gris-vert rentré dans de courtes bottes noires. À côté de lui, accrochée au moyeu d'une roue de tombereau, une veste de la même couleur que le pantalon et, par terre, un casque et un fusil. C'était le premier ennemi que je voyais ; je n'avais pas vraiment peur, mais je pensais à la raclée que je recevrais si la porte de la maison n'était pas fermée à clé : j'ai levé la tête pour m'assurer que les autres n'avaient pas bougé du grenier. Le soldat m'a aperçue, m'a souri, m'a fait signe de descendre. Je me suis mise à trembler, comme je l'avais fait le jour où le domestique que j'épiais derrière les coudriers m'avait vue, avait fait mine de s'approcher : j'étais incapable de bouger, et il levait sur moi sa main gluante, avec des yeux très durs et cette chose qui se dressait encore, toute rouge, entre ses cuisses. Le soldat a éclaté d'un rire étrange, presque silencieux, pareil à celui d'un vieux chien qui ne peut plus aboyer, puis il a entrepris de monter à l'échelle en continuant à rire comme s'il souffrait. Quand il a atteint la plate-forme, je m'étais déjà glissée entre les bottes de paille, au cœur de ma cachette, sous trois rangées de bottes, par une sorte de galerie dont l'entrée était fermée par une autre botte, près du mur. Il ne pouvait pas me voir, mais moi, recroquevillée dans mon trou, les yeux ouverts, je l'entendais marcher au-dessus, avec de petites exclamations, soulevant çà et là quelques bottes, tapant sur la paille avec un manche de fourche, ce qui me faisait tomber sur la figure et dans la bouche une poussière dorée. Enfin il s'est affalé sur le ventre, de tout son long, comme un canard qui s'abat dans une mare ; je pouvais distinguer, entre les bottes qu'il avait remuées, un peu de son torse, de ses cuisses, de son ventre au bas duquel il y avait aussi cette chose rouge et dure qu'avaient les domestiques et avec quoi il semblait maintenant me chercher et que j'aurais pu toucher si j'avais tendu le bras. Bientôt la paille a remué de façon régulière et violente ; il disait avec force des choses que je ne comprenais pas et qui me faisaient peur ; puis il s'est mis à gémir, à souffler comme un veau. J'avais fermé les yeux ; je pleurais en silence ; je ne voulais plus voir entre les brins de paille ce visage écarlate qui cherchait le mien, l'avait peut-être trouvé, qui savait qu'il m'effrayait et que je ne pourrais pas tenir bien longtemps dans ma cachette. Il a roulé plusieurs fois sur lui-même avant de s'immobiliser, sur le dos cette fois. La poussière, la sueur et les larmes me brûlaient le visage et tout le corps ; j'avais soif et envie de hurler, mais plus vraiment de peur (le soldat aurait bien pu m'attraper, et s'il ne l'avait pas fait c'était, me disais-je, qu'il ne me voulait guère de mal, d'autant que, je le savais maintenant, les hommes paraissent moins cruels une fois que le liquide blanc est sorti de leur ventre), mais je ne voulais pour rien au monde finir comme le fils Bardoux, dans la ferme voisine, étouffée sous une barge qui s'était effondrée.

Enfin le soldat s'est relevé. J'ai attendu ;

quand j'ai entendu le bruit de ses pas sur les pierres de la cour, je me suis faufilée jusqu'à l'espèce de meurtrière que je m'étais ménagée entre deux bottes, pour surveiller la maison. Léa et Andrée ne se montraient toujours pas ; la vieille avait sûrement entendu le soldat et demandé à Andrée de lui décrire ce qui se passait dans la cour ; je les imaginais toutes deux, pressées contre la lucarne, l'idiote balbutiant sous le nez de l'aveugle dont le cœur battait à se rompre mais qui n'aurait pas plus que l'autre, et pour rien au monde, consenti à s'écarter de la lucarne. Le soldat se lavait à la fontaine, tout nu, blanc comme une caillade, sauf les bras et le cou qui étaient cuits par le soleil. Il se lavait partout, même sa tête rasée qui luisait au soleil de midi et qu'il a tournée vers moi, en souriant, alors qu'il ne pouvait pas me voir ; mais moi je voyais bien ses grands yeux bleus et je savais que je n'avais rien à craindre. Pourtant je ne bougeais pas. Le soldat était revenu au milieu de la cour, près de la batteuse qu'on avait tirée du hangar, la veille. Il a regardé autour de lui, a pris une bêche, a enlevé les bouses et quelques pierres qu'il a lancées dans le coudert, ainsi qu'une vieille bassine qui servait à nourrir les chiens. Ensuite il s'est mis à danser comme jamais je n'avais vu le faire, en se déplaçant sur un côté puis sur l'autre comme s'il cherchait quelque chose, ou tournant sur lui-même avec une rapidité qui me donnait le vertige et le faisait s'envoler ou ressembler à une génisse piquée par un taon, et j'avais alors envie de rire. Il se pliait puis se redressait, croisait et décroisait ses bras, se caressait les mains comme s'il voulait dire, les yeux grands ouverts, quelque chose d'aussi terrible et beau que ce que disait parfois le curé, à l'église, et que je ne comprenais pas bien mais que, cette fois, j'avais l'impression de comprendre un peu et qu'en tout cas je trouvais beau, parce que le soldat, même s'il était tout nu et que je n'aimais pas voir remuer comme un bout de fléau ce qu'il avait entre les jambes et que ses fesses blanches me donnaient envie de rire, était beau avec sa figure souriante et bonne, et si heureuse que moi aussi j'étais heureuse.

Il a dansé longtemps dans le soleil de midi ; je n'avais maintenant qu'une peur : que les autres reviennent pour le déjeuner. Déjà la grande Génie aurait dû être rentrée pour m'aider à préparer le repas et moi j'aurais dû mettre la table, faire chauffer de l'eau et aller tirer du vin à la cave. J'ai entendu un bruit de moteur, là-haut, du côté de chez Bardoux ; le soldat s'est immobilisé ; j'imaginais qu'il avait encore le temps de prendre ses habits et ses armes et de courir derrière le hangar, entre les châtaigniers ; mais il ne bougeait pas. En haut de la route est apparue une étrange et longue voiture sans toit, d'un vert sale. Elle descendait lentement. J'ai bientôt pu distinguer le visage des sept hommes, encore des soldats ennemis, couverts de poussière, la tête casquée, sauf pour l'officier assis à côté du chauffeur, tout en noir, avec sur le devant de sa casquette un insigne qui brillait au soleil. Un des soldats était debout à l'arrière et faisait tourner, à droite et à gauche, une mitrailleuse : ça, je savais ce que c'était, le père Fargeat m'avait assez rebattu les oreilles avec sa guerre dans l'Argonne. Ils se sont arrêtés à l'entrée de la cour ; l'officier s'est levé, a crié quelque chose ; les soldats sont descendus, sauf le chauffeur et celui qui tenait la mitrailleuse. Ils se sont écartés les uns des autres et ont avancé, comme pendant la chasse au renard, vers le soldat nu. L'officier est lui aussi descendu ; il a tiré d'un gros étui, à sa ceinture, un pistolet qu'il a dirigé vers l'homme nu en lui parlant dans cette langue qui me faisait peur. Deux soldats ont frappé à la porte de la ferme, à coups de crosse, puis sont entrés dans la cuisine et dans les chambres, mais sans doute pas au grenier puisqu'ils n'ont pas tardé à ressortir, seuls, pour aller fouiller le fournil, les étables, la grange. Pendant ce temps, l'officier parlait au soldat nu qui le regardait sans répondre, avec sur les lèvres le sourire qu'il avait lorsqu'il dansait. L'officier avait l'air en colère, il menaçait le soldat de son pistolet, mais l'autre ne bougeait pas et regardait à présent l'horizon, derrière l'officier, vers le haut du coteau avec sa frange de luzerne, ses vieux pommiers penchés et le ciel pâle, comme si rien n'avait plus d'importance. L'officier a hurlé, un soldat est passé derrière celui qui était nu et lui a donné dans les reins un coup de crosse qui l'a fait tomber à genoux, mais ne l'a pas empêché de sourire. L'officier a haussé les épaules et dit quelque chose aux soldats qui ont soulevé par les bras celui qui était à genoux ; ils l'ont emmené contre le mur du fournil, ils ont reculé un peu et, sur un cri de l'officier, ils ont tiré. Le soldat nu a violemment tressailli, il a semblé danser encore en tournant une fois sur lui-même, les mains recroquevillées autour d'une étoile de sang qui s'agrandissait sur sa poitrine ; puis il s'est effondré ; il regardait de mon côté et j'ai cru le voir me sourire. J'avais envie de hurler, je crois même que j'ai hurlé en silence, je mordais la paille, j'enfonçais mes ongles dans la peau de mes cuisses, mais je ne pouvais pleurer et j'ai alors senti couler entre mes jambes quelque chose de brûlant qui me faisait du bien. Je me disais que le soldat savait ce qui l'attendait, que les autres le rattraperaient et qu'il avait dansé pour moi, que rien alors ne comptait plus que cette danse et moi qui le regardais danser comme je le regardais mourir et regarderais l'officier s'approcher de lui qui remuait encore et lui tirer une balle dans la tête. Alors les soldats l'ont ramassé, l'ont emporté, l'ont jeté à l'arrière du véhicule, où ils sont montés à leur tour en riant très fort, après avoir rassemblé les vêtements et les armes du soldat mort et craché dans le sang qu'il y avait par terre.

L'autre miroir

Des soirs d'été à La Bourboule, des lents soirs jaunes ou ocre, enfant, avec ma mère, je garde un goût d'éternité. Mon enfance s'achevait dans la douceur fade de l'air, sous des frondaisons fatiguées, parmi des rires de femmes tristes et des vents immobiles qui nous faisaient oublier l'autre vie, là-bas, à Siom, par-delà les monts sur lesquels s'allumaient, avant la nuit, de grands feux d'herbes sèches. J'étais livré à moi-même, hors les moments où j'accompagnais maman aux thermes et où je la regardais converser, dans un cercle de chaises vertes, avec des gens de toutes sortes, au verbe haut, précis, intarissable et souvent mystérieux puisque ces voix mêlaient des accents si contraires que je croyais entendre bruire là le monde entier et que je finissais par fermer les yeux : écoute rêveuse et interminable dont j'ai sans doute tiré une grande part du goût que j'ai des phrases nettes, très françaises, et que déjà je cherchais à reproduire en un murmure silencieux, pour mon seul plaisir. Mais rien ne me plaisait comme ces après-midi à la fin desquelles nous nous promenions au bord de la Dordogne : maman ne manquait pas de réciter des vers de Verlaine ou d'Henri de Régnier, sans doute pour n'avoir pas à me parler d'une douleur dont je commençais à deviner qu'elle devait rester secrète et qu'elle avait avec notre séjour à La Bourboule un rapport plus étroit que ses troubles respiratoires. C'était entre nous une sorte de secret que je préservais en parlant le moins possible et me montrant un bon fils, quoiqu'il m'inquiétât, comme tout ce qui avait trait à la trop longue absence de mon père. En vérité, je redoutais le moment de faiblesse qui pousserait maman à me le révéler et qui altérerait l'ordre immuable de mes journées, dont j'avais fini par aimer jusqu'aux matins pourtant réservés à des devoirs de vacances et à ces lointains professeurs de latin et de grec avec qui j'entretenais de fastidieuses correspondances sans pour autant être certain qu'ils existaient. Oui, j'aurais écouté avec le plus grand déplaisir maman se confesser à moi ; je l'aimais trop pour la sentir déchoir ; et je pouvais déjà comprendre qu'on est toujours seul, qu'on ne s'approche des autres que pour les perdre, que l'existence est terrible et douce, et qu'on ne se connaît soi-même qu'à mesure qu'on s'ignore, se méprise, se fuit.

Ma vie, je la voyais, dès cette époque, vouée à des tâches obscures, injustifiables pour tout autre que moi mais qui auraient la grandeur des sacrifices silencieux et inutiles, comme les travaux de l'écrivain. J'étais d'un sérieux excessif. J'aimais les crépuscules, la lenteur, les saisons déclinantes. Les livres et les songes me suffisaient, et j'avais pour mon corps de l'indifférence : très maigre, redoutant le soleil, souffrant de fréquents maux de ventre, j'avais appris à n'aimer de moi que mon visage. Je n'étais pas plus farouche qu'un autre ; mais je ne savais pas me lier ni entretenir une conversation ; j'aurais laissé mourir un feu, et moi avec lui, plutôt que de quitter les pensées qu'il avait fait naître en moi. Je regardais les gens de biais ; je les écoutais sans les comprendre : lorsque je croisais leur regard, j'oubliais qui j'étais, me mettais à frémir, ne pouvais plus rien dire. Je ne me trouvais bien qu'à l'hôtel, dans ma petite chambre, sous les combles, aimant mieux dormir non loin des domestiques que d'habiter une de ces immenses pièces blanches et fraîches dans lesquelles vivait maman, trois étages plus bas, dans un perpétuel demi-jour et une odeur lourde de fleurs, de sels de bain et de parfums.

Sous les combles, entre des boiseries claires et chaudes, je vivais presque nu. Ma chambre avait pour tout mobilier un lit aux montants de cuivre, une table minuscule sur laquelle était posé un cendrier que je faisais souvent tomber, un grand miroir sur pied et un fauteuil Voltaire recouvert de velours bleu nuit. Par l'unique fenêtre, j'apercevais un mur aveugle, des toits de lauzes, des cheminées, le clocher de Saint-Joseph, des hauteurs boisées et, à partir de quatre heures, toute la fadeur du ciel d'été avant la grande fraîcheur nocturne. Cette fenêtre donnait sur une arrière-cour humide d'où montaient, trois fois par jour, mêlées à celles du fioul, les odeurs de cuisine, riches, légères, à peine filtrées par la hauteur et dont je me serais volontiers nourri. En me penchant, je pouvais découvrir, sur la gauche, les étroites fenêtres d'une cage d'escalier avec leurs petits losanges de couleur ; à droite on avait vue sur des chambres, mais la vie des autres ne m'intéressait guère ; je n'avais pas encore le goût de ces secrets-là : comme je le redoutais pour celui de maman, je craignais de payer trop cher la révélation d'une intimité. Du fauteuil dans lequel je lisais, je n'avais qu'à lever les yeux pour me regarder dans le miroir pivotant, et ce spectacle suffisait à ma curiosité ; je m'y regardais d'ailleurs très peu : je n'aurais pas tardé à me prendre en haine. Les après-midi étaient étouffantes. Je me déshabillais pour lire dans le fauteuil où je ne tardais pas à m'assoupir. Et rien ne m'était plus délicieux que ces moments où à mon réveil, je croyais me voir venir à moi le sexe dressé, le visage souriant, le regard lointain : je finis par aimer cette image que m'offrait le miroir, nouvelle et saugrenue, et pourtant belle. J'allais pisser dans le lavabo, me rafraîchissais la figure, attendais paisiblement le moment où j'irais rejoindre maman pour les eaux. Il m'arrivait de sentir, au creux de ma poitrine, ma petite croix d'or ; je m'agenouillais et me mettais à prier comme si ma nudité et le bien-être excessif de mon corps devaient trouver leur accomplissement dans ces paroles muettes qui me ravissaient jusqu'à me tirer des larmes.

Bientôt je remarquai que je n'étais pas seul dans le miroir ; je l'avais incliné, près de la fenêtre, de telle sorte que je le faisais bouger avec le bout du pied, y captant un grand morceau de ciel, les toits ou, plus bas, une fenêtre pleine d'ombre, mais derrière laquelle je distinguais un autre miroir, malgré des contours si flous que je pouvais croire que ce miroir se trouvait bien plus loin que cette chambre à laquelle je tournais le dos, et dans ce miroir dont le mouvement des vitres dans le vent abolissait parfois le reflet, un garçon aux cheveux blonds et courts, à peu près de mon âge mais plus robuste, plus grand que moi, qui me regardait debout, les bras ballants, aussi nu que je l'étais, et m'observant avec une attention si discrète, presque triste et furtive, qu'on eût dit qu'il ne me voyait pas vraiment et que nos regards ne pourraient pas se rencontrer. Je n'en rougis pas moins et, du bout du pied, j'inclinai le miroir de manière à en chasser l'importun. Je rougissais de penser que ce garçon m'épiait depuis longtemps, qu'il m'avait sans doute vu pisser dans le lavabo, caresser mon membre dressé, et même prier, bref, qu'il me regardait vivre depuis que j'étais à l'hôtel ; et plus que de la honte ou de la gêne, c'était de la détresse que j'éprouvais, à quoi se mêlait une satisfaction que je ne m'expliquais pas.

Je le savais, je replacerais, dès le lendemain, le miroir de manière à retrouver le reflet. Je comprenais qu'il n'est pas d'intimité qui, si jalousement gardée, ne finisse par être livrée, piétinée ou offerte, et qu'on ne se garde d'autrui que pour se sacrifier à lui, avec une résolution d'autant mieux acceptée que nous sommes, dans ces moments-là, ivres de nous croire éternels. Ce garçon qui me voyait vivre sans que je fusse certain qu'il me regardait (et cette incertitude qui me paraissait la preuve de mon innocence, dans ma juvénile abjection, ne donnait-elle pas à l'inconnu toute autorité sur moi ?), je ne chercherais pas à le rencontrer ailleurs que dans les miroirs. Le couloir qui menait à ma chambre s'achevait près de ma porte, et je n'étais pas même sûr que les fenêtres que j'apercevais dans le miroir appartenaient à l'hôtel. J'allais et venais dans les salons, dans les allées du parc Fenestre, aux thermes, sur les bords de la Dordogne, près des courts de tennis, sans me soucier de l'y voir ou de me retrouver nez à nez avec lui. Il y eut bien ce soir du 15 août où je demeurai longtemps allongé sur la pelouse du parc, ma tête reposant sur un arceau de fer, près d'un kiosque dans lequel l'harmonie municipale donnait des airs de Rossini, de Strauss, de Bizet ; je crus que je goûtais la musique, la fraîcheur de la nuit, un désœuvrement dont je n'avais pas l'habitude ; je m'avouerais plus tard que c'était lui que j'attendais, ou que je m'attendais à voir surgir au milieu des ombres, derrière moi, pour chasser ces hommes mûrs, en costumes clairs, qui s'allongeaient près de moi et me souriaient interminablement.

Je m'étais laissé vaincre sans regimber. J'ignorais encore tout de l'état de vaincu ; et ce garçon sur qui, dans les salons, dans la rue ou à la piscine, je n'aurais pas daigné lever les yeux s'il m'avait adressé la parole, voilà que je me soumettais à lui, dans nos miroirs, avec une grâce qui me faisait rougir d'aise, immobile et nu comme un jeune captif. Nous nous regardions jusqu'à ce que le jour cesse d'éclairer les miroirs et que nous soyons plongés dans une obscurité que nulle lampe n'aurait pu dissiper. Rien n'était plus comme avant ; et il a suffi qu'il manque une fois notre rendez-vous pour que tout le monde, jusqu'à maman, me paraisse importun.

Il ne vint pas au miroir de toute une semaine ; j'en éprouvai du dépit, une morsure, une sorte de chagrin ; j'avais un sourire de craie. Quand il réapparut, je voulus lui infliger ce que je croyais être une punition et inclinai le miroir de sorte qu'il ne puisse apercevoir que mon front ; mais il se tint devant le sien comme à l'accoutumée. Mon humeur si changeante étonnait maman, la distrayait presque de ses maux. Je lui disais que je n'avais rien, que je lisais trop, qu'il faisait trop chaud ; et je sortais seul, pour d'interminables marches à travers la ville endormie jusqu'au rocher des Fées ou au lac de barrage. Une autre fois, ce fut, pendant trois jours, la pluie qui nous déroba l'un à l'autre. Mais je ne cherchai pas à ouvrir la fenêtre ni à me pencher pour le surprendre ; il me semblait qu'aussitôt tout aurait été fini et que, d'ailleurs, je n'aurais rien découvert d'extraordinaire dans cette chambre que j'imaginais aussi dépouillée que la mienne, et impersonnelle. Seule m'importait la perfection des moments pendant lesquels je me montrais nu à lui qui était nu, lui aussi, immobile devant sa glace, tourné de trois quarts vers la fenêtre. Et sans doute souhaitais-je, en m'offrant de la sorte, racheter les vilenies qu'il avait pu surprendre : ces instants où l'on se relâche, parce qu'on se croit seul, se cure complaisamment une narine, se gratte l'entrejambe et renifle ses doigts, ou laisse échapper des vents de l'odeur desquels on serait presque heureux mais qui nous humilient dès lors qu'on se voit observé ou qu'on pense à quelqu'un. Je me dévêtais donc dans un coin où je savais qu'il n'apercevrait de moi qu'un reflet imparfait, me lavais avec grand soin, quasi solennellement, avant de m'asseoir dans le fauteuil Voltaire, les jambes croisées puis lentement décroisées lorsque mon sexe était assez raide et que je pouvais, la tête renversée contre le dos du fauteuil, le regarder sans trop d'impudeur ni de vertige, lui qui me contemplait dans la même position d'enfant triste, la bouche plissée sur un de ces sourires qu'on s'adresse à soi-même comme pour marquer le peu d'estime que l'on s'inspire. À la longue, je ne pouvais me défendre d'un plaisir bref ; je fermais les yeux : je n'ai jamais aimé regarder jouir quelqu'un ; on a coutume de trouver beau ce qui n'est qu'un rictus trop proche de ceux que donnent la douleur ou l'abrutissement, un spasme qui défigure et nous renvoie à notre solitude, haletants et défaits, un hochet pour éloigner de nous la pensée de notre anéantissement. J'imaginais qu'il me regardait, à ce moment, alors qu'il ne regardait peut-être qu'en lui-même et que je lui montrais la plus pitoyable figure, trop jeune rêveur déjà résigné à ses songes comme d'autres à leur laideur ou à la guigne. J'avais pourtant besoin de croire qu'il me regardait, que c'était pour moi et pour ce moment précis qu'il se tenait debout devant son miroir, chaque soir, et que ce que je lui montrais le distrayait un peu de sa mélancolie. Je me mentais encore : j'avais besoin non pas qu'il aille mieux (et d'ailleurs souffrait-il ? N'attendait-il pas ainsi cette femme jeune et belle qui entrait à la nuit dans sa chambre, devant qui il se rhabillait lentement et avec qui il quittait la chambre ?), mais qu'il me regarde jouir pour être certain de me délivrer de moi.

L'été s'achevait. J'aurais pu, à ce moment, lui adresser quelque signe de la main, un sourire qui lui montrât que le temps approchait où nous cesserions de nous voir et que j'acceptais l'ordre des choses. Je ne sais ce qui me retenait. Il y eut enfin ce premier soir de septembre où je crus le voir me sourire doucement et remuer les lèvres comme s'il me parlait ; je me redressai à demi, lui souris, murmurai qu'il n'aurait pas pu me rendre plus heureux, que je consentais à ce bonheur et à cela même qui s'ensuivrait car, je le savais maintenant, il ne pouvait en aller autrement ; et je le regardai s'agenouiller devant la glace, puis s'allonger sous elle — c'est du moins ce que je supposai, car la fenêtre de sa chambre ne me laissait plus voir de lui que ses jambes et ses pieds, très blancs, qui ne remuaient plus et qui paraissaient blanchir encore dans l'obscurité. La femme ne venait pas. Je restai dans mon fauteuil une grande partie de la nuit, nu, frissonnant, mais étrangement calme et heureux. Je dus m'assoupir un peu avant l'aube. Des piaillements innombrables se mêlèrent à un lointain carillon. Je retrouvai l'eau pâle du miroir. Le garçon n'avait pas bougé. Un peu plus tard, je vis entrer un homme, suivi de deux femmes ; ils se penchèrent vers lui avec de grands gestes désordonnés. J'entendis, très assourdis, des paroles et un long cri féminin. Les pieds disparurent du miroir dans lequel je pus voir surgir le corps entier, la tête renversée, les paupières fermées : il avait, dans les bras de l'homme, un sourire paisible d'enfant qui dort. Je frissonnai ; j'avais envie de pleurer ; j'aurai été le seul à voir ce sourire ; et cela, je l'avais attendu non seulement toute la nuit, mais dès l'instant où j'avais trouvé devant le miroir une position définitive ; et peut-être l'attendais-je depuis que je regardais autour de moi, devinant que quelque chose me serait donné alors que je ne l'attendrais plus et que les larmes me viendraient enfin aux yeux, dans le petit jour presque froid, tandis que des tourterelles marchaient sur les lauzes du toit.

L'élève Bérénice

Ç'aura été la mode, ces années-là, de porter au poignet un ou plusieurs de ces bracelets dits brésiliens, étroits lacets de laine aux couleurs diverses qu'on nouait en formant un vœu muet et ne devait ôter jusqu'à ce qu'ils tombent d'eux-mêmes. Quand Bérénice a noué à mon poignet un de ces frêles bijoux, tressé par ses soins, elle était mon élève depuis plusieurs mois, et ce qu'il fallait bien appeler notre histoire avait pris un pli singulier. C'était une de ces froides journées de mars au cours desquelles on se prend à chercher du bout des lèvres un peu de douceur. Et je me rappelai, ce jour-là, la douceur de septembre, et cette matinée où, nouveau venu dans l'établissement, à Helles, j'avais pris possession de cette classe de troisième, un peu hébété par deux mois de retraite entre le granit et le ciel, à Siom, après une histoire d'amour que j'avais tenté d'enfouir en moi plus profondément que dans la terre siomoise.

Je ne l'ai pas remarquée tout de suite — ou, si je l'ai fait, c'était pour chercher entre son nom et son visage une correspondance qui me satisfaisait sans pour autant détacher cette élève de ses condisciples les plus évidemment jolies. Qu'elle s'appelât Bérénice ne pouvait que ravir un rêveur exigeant ; elle descendait par sa mère d'une famille beyrouthine et je ne me lassai bientôt plus d'interroger cette très jeune fille de treize ou quatorze ans, pour la seule lumière de son prénom qui sonnait comme un Orient basculé dans le français racinien et le songe de grandes passions. Elle n'était d'ailleurs pas belle que de son prénom : le patronyme, méridional, évoquait, très sonore, une terre dans le Lauragais ; et le visage, d'un ovale parfait, entouré de longs cheveux châtains, très fins, semblait vivre autour d'yeux d'un marron si chaud qu'on finissait pas ne plus attacher d'importance au reste du corps, menu, d'une taille médiocre, quoique bien fait, et trop sage sans doute (de cette sagesse tendre des timides, des amoureuses, des réprouvées) pour que mon cœur ait eu devant elle ce petit bondissement que savaient susciter d'autres filles de la classe, d'une beauté arrogante, offerte et dérobée tout à la fois, et dont je m'empressais de boire tout le charme.

Avec Bérénice, assise au cinquième rang, dans la travée de gauche, nul de ces jeux aisés par quoi je gagne généralement les filles ; il y avait en elle quelque chose de grave et de soumis qui m'irritait un peu, comme si elle me résistait tout en me prodiguant, par le regard et un petit sourire, les marques d'une entière dévotion. Longtemps je refusai de voir que j'en étais l'objet. Je ne me suis jamais réjoui d'être aimé, ou plutôt je ne peux vraiment croire qu'on me trouve aimable ; l'amour d'autrui me fait sourire comme un présent immérité, et me trouve inconstant, cruel ou lointain. Dès lors Bérénice perdit un peu de son prestige. Je regardais de moins en moins ce visage qu'humiliaient ces regards trop doux que j'ai toujours haïs dans les yeux des mères. J'ai fui ce feu humide, cet ambre qui se consumait sans fin, et où je croyais retrouver aussi le regard d'une trop jeune femme que j'avais cru aimer, quelques mois auparavant, puis que j'avais abandonnée au début de l'été.

Bérénice amoureuse me rappelait à l'ordre,

à la mémoire, à moi-même et à mes fautes — et je ne pus qu'en être bientôt exaspéré. Je me voulais écrivain, solitaire, lointain ; et la répugnance que m'inspiraient les eaux basses de l'amour était, croyais-je, irrépressible. J'étais assez naïf pour penser qu'on peut vivre sans cet orient qu'est autrui, et assez lâche pour tout espérer, en secret, du premier venu. Je recherchais des flammes sèches, des liaisons brèves, nocturnes, sans mots. Que Bérénice puisse m'aimer, je le sentais sans vouloir m'en assurer vraiment, tout de même que je me refusais à regarder son corps dont je devinais qu'il était beau, quoique trop gracile ; et j'aimais Bérénice parce que j'aimais la classe dont elle faisait partie : elle restait à mes yeux la figure tutélaire de cet étrange amour que j'ai parfois noué avec certaines classes ; et je n'aurais eu pour elle que cette sympathie un peu trouble mais douce que j'aime entretenir avec ces petites amoureuses, si elle n'avait rompu la paix silencieuse des regards.

Nous venions d'expliquer un passage du *Journal* de Gide. J'avais terminé mon cours par des questions sur la sincérité, le besoin d'écrire, le devoir qu'a tout écrivain de mentir pour atteindre sa propre vérité. Je demandai qui, dans la classe, tenait un journal. Plusieurs mains féminines se levèrent : il se tenait encore des journaux intimes, intermittents, éphémères, fades sans doute, et merveilleux. On me demanda si j'en tenais un, et ce que j'y notais. Je souris, fus sur le point de répondre que j'y parlais beaucoup du visage des filles ; la sonnerie nous délivra. Lorsque je relevai la tête, Bérénice était, pour la première fois, devant moi. De près, son visage me paraissait plus vieux, et d'une beauté encore plus étrange ; le frémissement qui l'habitait le rendait presque laid. Elle me parlait, les yeux fixés sur mes lèvres, ou sur les vitres poussiéreuses ; je la regardais à la dérobée ; peut-être devinais-je ce qu'elle allait me dire : qu'elle tenait un journal, et qu'elle était disposée à me le faire lire, puisque j'avais publiquement émis le vœu de parcourir quelques pages de journaux inconnus. Mais je n'aurais pas pensé que ce serait à la condition de lui laisser lire le mien. Sa voix avait à ce moment une impérieuse douceur qui m'exaspérait, comme si Bérénice était trop sûre de son fait. La proposition était à la fois honnête et extravagante. Je demandai à réfléchir. Je brûlais de découvrir son journal ; mieux, c'était la possibilité de l'échange qui m'intéressait : ne fallait-il pas que ce journal ait quelque chose d'extraordinaire pour que j'aie songé à livrer le mien ? Quelques jours plus tard, je dis à Bérénice que l'enjeu nous dépassait, elle et moi, que c'était peut-être le meilleur moyen de nous décevoir, de nous perdre, de déchoir. Ce fut à son tour de réfléchir. Noël approchait. La veille des vacances, Bérénice me remit une lettre cachetée, avec ordre de ne l'ouvrir qu'au jour de l'an. Je tins ma promesse ; j'aime les rituels et la parole donnée : cela me délivre des songeries, de l'incertitude, des nuits blanches.

J'ouvris la lettre dans la lumière blanche et froide d'un petit matin siomois ; l'air était si transparent que tout semblait plus proche : les collines, les sapins immobiles, la fumée lente des cheminées, et jusqu'aux appels des coqs et des chiens dans le lointain, et, pensais-je, jusqu'aux absents et aux morts, et à la jeune Bérénice, par exemple, qui m'écrivait qu'elle me donnerait à lire son journal sans exiger de lire le mien, pourvu que je m'engage à lui obéir, une fois, une seule fois, encore qu'elle ignorât pour quoi et quand, et que peut-être je n'aie pas à tenir ma promesse. Exigence assurément juvénile qui me fit hausser les épaules avant de me paraître si dérisoire que je fus sur le point de refuser la proposition. La curiosité l'emporta, ou le goût des situations ambiguës que je m'étais pourtant juré de ne plus favoriser et qui me tiennent souvent lieu d'amour.

Son journal, un cahier rouge dont on ouvrait le fermoir au moyen d'une clé minuscule, Bérénice le tenait depuis plus de trois ans. J'y découvris, dans une écriture juvénile, très naïfs mais souvent justes, les émotions, les envies, les étonnements d'une fillette, puis les doutes et les effrois de l'adolescente : Bérénice disait tout, opiniâtre, avec une force d'introspection et de description saisissante et une rigueur plus grande que la mienne, car pure de tout souci littéraire. Elle disait les métamorphoses de son corps, la première fois qu'avait coulé entre ses cuisses un sang brunâtre, celle où devant une glace elle avait porté les doigts à ses lèvres intimes et l'espèce de brûlure qu'elle avait sentie, la niaiserie des garçons, les jalousies, les nuits sans sommeil, les terreurs et les joies brèves, l'agonie d'une grand-mère, la haine, la pitié pour ceux qui ne lui ressemblaient pas, mon arrivée au collège, enfin. Je n'avais pas envie de poursuivre. Ce que je venais de lire et qui me faisait connaître Bérénice tout entière (et par quoi elle se donnait à moi plus sûrement que si elle m'avait livré sa bouche ou qu'elle eût plaqué mes mains sur sa poitrine) ne me permettait plus de reculer ; je me trouvais lié à elle d'une étrange façon, plus que je ne l'aurais souhaité, moins qu'elle le croyait, même si je pouvais lui laisser penser le contraire. Quant au portrait que, jour après jour, elle brossait de moi, je m'y trouvais détestable ; j'ai toujours eu du dégoût pour les miroirs, et celui que me tendait Bérénice était si peu complaisant, du moins au début de notre histoire, que j'y trouvais de nouvelles raisons de me mépriser : avais-je jamais su aimer comme Bérénice m'aimait, d'un amour pur, tranquille, sans espoir ni tristesse, mais lumineux et plié tout entier à la nécessité de sa lumière ? Je ne regardais pas Bérénice comme une femme ; et son amour m'irritait, avait je ne sais quoi de convenu, me laissait froid. Je le répète, j'étais alors très seul, quasi désespéré, mais ne voulais pas le voir. Je m'attachais à Bérénice parce qu'elle voulait savoir ce que je pensais de son journal et que je ne pouvais lui mentir ; elle était même la première femme à qui je désirais ne pas mentir. Je fis d'abord tout pour ne pas parler de moi ; mais les généralités m'ennuyaient : je me livrai sans retenue, ainsi que je l'aurais fait avec une subtile maîtresse, et comme les autres élèves pouvaient entendre, nous prîmes l'habitude de nous retrouver, le vendredi, après les cours, à un arrêt d'autobus.

Bérénice ne tarda pas à savoir presque tout de ma vie : confidences qui m'engageaient plus que la lecture qu'elle aurait pu faire de mon journal et dans lesquelles j'étais plus nu que si j'avais scruté dans un miroir les progrès de ma calvitie ou les boursouflures de ma chair. J'avais trente-six ans et me regardais vivre comme on observe le sommeil des autres : avec un mélange de tendresse et de dégoût pour ce visage quelconque, travaillé de l'intérieur par des forces contraires, celui d'un homme désespéré de ne pas ressembler à sa mère et de posséder les traits paternels ; je ne voyais pas, dans le même temps, que c'était Bérénice qui me regardait dormir, qui tirait de ce spectacle un plaisir si particulier qu'elle passait des heures à le décrire et à l'analyser dans son journal, où je me découvrais, quand elle me le faisait lire, en dormeur tourmenté, malheureux, bouffi d'un pauvre orgueil. On ne pouvait se détester davantage : ce fut Bérénice qui en fit les frais. Je me pris à haïr sa mine de madone, ses airs attendris, la brûlure de son regard, en classe ou à l'arrêt de l'autobus. Comment lui dire que j'aurais préféré lui voir une figure inquiète, étonnée, douloureuse, même ? Je m'inventai (et c'était ne mentir qu'à demi) une maîtresse que j'affectais de mépriser, quoique je ne tarisse pas d'éloges sur ses prouesses nocturnes. Bérénice parla d'elle dans son journal avec une abnégation qui me bouleversa et me révéla sa douleur mieux que si elle m'avait ouvert son cœur. Je n'en fus pas moins cynique : tant d'amour ne me montrait-il pas, une fois encore, mon incapacité à aimer ? Je n'aimais pas Bérénice, n'étais pas même fier d'être aimé d'elle, mais tous les vendredis je commentais cet amour comme s'il était notre bien commun ou qu'il se fût agi d'un livre que nous relisions avec un soin jaloux : un livre qui me dispensait, pour le moment, d'écrire vraiment tout en me faisant trouver méprisable ce que je notais dans mon propre journal.

Bérénice continuait, pour moi, de n'avoir pas de corps. Au plus fort de l'hiver, alors que nous nous abritions de la pluie sous l'auvent d'une parfumerie, elle avait beau garder fort échancrée sa chemise sur de petits seins frissonnants, ou porter des jupes courtes, je ne la regardais pas avec plus d'émotion. Ses mots, ceux que je lisais dans l'encre bleu pâle de sa petite écriture penchée, me donnaient de son corps une image plus sûre, quoique non désirable ; je vivais, à cette époque, dans l'envers de tout désir ; nul corps de femme ne me tourmentait plus ; je sommeillais ; désirer Bérénice aurait ruiné l'ordre difficile mais paisible de ces semaines, de cette année scolaire pendant laquelle je jouissais de ma seule parole de professeur. Quant à écrire, j'y avais renoncé : Bérénice le faisait à ma place, et ainsi délivré, protégé, je pouvais m'abandonner au souvenir d'amours douloureuses. Ma veulerie n'avait pas de limite. J'eus trente-sept ans au mois de février. Je songeais à mourir, vaguement, pour ne pas dépasser l'âge auquel était mort Rimbaud, dont nous étudiions en classe quelques poèmes. Je ne mesurais ma détresse que dans ce qu'en disait Bérénice, et je feignais de n'en rien voir, d'en rire, même ; mais c'était pour mieux m'en désoler, la nuit, lorsque je ne trouvais pas le sommeil. Je ne trompais guère l'adolescente, qui gagna dans la compassion un nouvel aliment.

Ce fut dans ce temps-là qu'elle noua à mon poignet le bracelet brésilien ; je le portais sans déplaisir, ayant toujours aimé arborer les couleurs d'une femme. Mais Bérénice m'inquiétait, se montrait plus exigente, plus sévère. Son journal en disait long : je surgissais dans ses rêves avec la pleine vigueur d'un amant, et ces songes la laissaient, au matin, épuisée, tremblante, avec des larmes de joie ou de détresse. Il m'arrivait de la gronder doucement, de lui souhaiter d'être heureuse sans moi.

— Je suis heureuse comme ça, répondait-elle invariablement, avec un petit sourire de femme sûre d'elle-même.

C'était à mon tour de sourire, les yeux tournés vers le haut pignon de la Poste ou bien vers le faîte des arbres du parc tout proche dans lequel j'avais toujours refusé d'aller me promener avec elle. Son assurance était à son comble.

Elle vint me voir chez moi, à Nogent, un après-midi de mars. Il faisait gris et froid. Elle se déchaussa dans l'entrée et se jucha sur un fauteuil, les jambes repliées sous elle. J'étais allongé sur un canapé. La pièce était pleine d'ombre et de fumée de cigarette. Nous ne nous sommes presque rien dit. Bérénice me reprocha de trop fumer, de me laisser aller. Nous sortîmes, fîmes quelques pas dans le bois désert, croisâmes un ancien élève qui errait seul, au bord du lac, et donnait à manger à des cygnes. Je la raccompagnai à l'autobus.

Sa mère s'émut de cette escapade et voulut me connaître. Je la rencontrai dans la bijouterie qu'elle tenait, près de la gare. C'était une femme d'une cinquantaine d'années, encore belle, au visage étroit, avec des lèvres pleines et de grands yeux sombres, à la fois timides et pleins d'audace, comme ceux de sa fille. Elle me dit qu'il était préférable que Bérénice ne vienne pas me voir chez moi, qu'elle était trop jeune, que j'avais sur elle trop d'empire. Je fus sur le point de lui rétorquer que c'était le contraire. Mais tout cela m'ennuyait ; je me sentais presque coupable et tentais de cacher avec ma main le bracelet de Bérénice. Je souriais niaisement ; la mère semblait aussi ennuyée que moi — et sans doute souffrait-elle d'un ennui plus profond que celui dont j'avais fait ma croix. Nous parlâmes du goût de Bérénice pour la lecture, de la difficulté qu'il y avait à élever un enfant, seule, puis nous ne trouvâmes plus rien à dire. La mère ne m'était d'ailleurs pas hostile ; tout au plus redoutait-elle que sa fille m'aimât avec excès (mais elle parlait peut-être pour elle-même, songeant au mari qui les avait abandonnées). Elle me permettait en revanche d'aller voir Bérénice chez elle. Celle-ci avait assisté à l'entretien, les yeux brillants, sans ouvrir la bouche. Il pleuvait. On n'entendit bientôt plus que le ruissellement de l'eau sur les vitres de la devanture.

Je dus promettre à Bérénice que je viendrais chez elle. Comme je tiquais, elle me rappela avec le plus grand sérieux la promesse que je lui avais faite lorsqu'elle m'avait donné à lire son journal. Promesse qu'elle me rappela encore, peu avant les grandes vacances, et qu'il me fallut tenir. Nous marchâmes assez longtemps dans des rues calmes, bordées de prunus et de frênes, jusqu'à un petit immeuble de pierre claire. J'entrai dans une chambre de très jeune fille, propre, assez austère, aux murs tendus d'un papier grège. Bérénice me montra le secrétaire d'acajou dans lequel elle enfermait son journal. Elle ouvrit la fenêtre. Je m'allongeai sur le lit. Derrière le rideau qui remuait, je voyais se balancer doucement un grand peuplier blanc. Je songeais que l'année touchait à sa fin, qu'il me faudrait quitter mes élèves et, peut-être, cette petite ville de banlieue ; je songeai avec une sorte de bonheur triste aux femmes que j'avais abandonnées ; j'aurais pu me sentir heureux ; je n'étais que las ; je fermai les yeux ; m'assoupis. À mon réveil, Bérénice était assise sur sa chaise, devant le secrétaire. Elle me regardait en souriant. Nous n'avions pas échangé trois mots, mais elle souriait comme si quelque chose avait eu lieu qui l'avait enfin délivrée d'une attente trop longue et qui, l'ayant rapprochée de moi jusqu'au vertige, l'éloignait irrésistiblement, heureuse, apaisée. Un chien aboyait sur un balcon. J'avais la tête lourde. Je me levai, m'approchai de Bérénice qui se leva et recula, le visage soudain fermé, presque hautain. Je remarquai combien ses lèvres étaient minces, et fortes ses chevilles. J'en fus indigné. Croyait-elle que je m'approcherais davantage ? Elle ferma les yeux, parut chanceler, puis éclata d'un rire un peu rauque que je ne lui connaissais pas (l'avais-je seulement entendue rire ?), trop grave en tout cas pour son âge et que je détestai, tout comme je me mis à la détester, elle qui m'avait épargné le pire, sauvé même, pouvais-je me dire en me dirigeant vers la porte et descendant les escaliers, lentement, le cœur meurtri, me haïssant moi-même, mais sans cesser d'espérer que Bérénice me rappellerait, me prendrait par la main, se dévêtirait devant moi et se donnerait comme si tous nos efforts, à elle et à moi, n'avaient eu d'autre fin que ce moment. J'étais soulagé, aussi bien, qu'elle n'ait pas bougé et que nous soyons parvenus à la fin de notre histoire sans qu'on puisse dire qu'elle était vraiment achevée, du moins pour Bérénice qui me donnerait, quelques jours plus tard, au moment où nous nous séparerions pour les grandes vacances, et probablement pour toujours, les pages ultimes de son journal : j'y lirais le récit des moments que j'avais passés dans sa chambre, comment elle m'avait regardé dormir en pleurant, pleurant aussi pendant les minutes qui suivirent mon départ, lorsqu'elle s'était dénudée puis lovée dans la tiédeur du creux que j'avais laissé sur son couvre-lit, pleurant cette fois d'un bonheur silencieux qui la récompensait de ces longs mois de patience, avec le plaisir que seules savent trouver au plus secret d'elles-mêmes les très jeunes filles : un plaisir dont la perfection me reléguait déjà dans le souvenir heureux de cette année scolaire pendant laquelle Bérénice m'avait eu pour elle toute seule, comme jamais femme ne m'aurait, pensait-elle, et qui me renvoyait à ma solitude d'adulte avec une cruauté qui n'était que droiture et excluait qu'elle souffre désormais à cause de moi, me remerciant de tout, trop jeune fille déjà femme et trop belle à présent que je savais l'avoir non pas manquée mais inévitablement perdue, entre mes refus et ses songes, elle qui s'était offerte tout le temps, sans calcul, de toute son âme, elle que je n'avais su regarder qu'alors qu'il était trop tard et qui ne m'apparaissait déjà plus que dans le souvenir, lente et douce, calme, hautaine, souriante, ayant enfin trouvé le plein éclat de son orient.

La descendante

La porte aux carreaux dépolis s'ouvrit entre les deux salles pour laisser passer un élève effaré qui me demanda de venir. Il balbutiait. Le brouhaha qui régnait d'ordinaire à côté avait fait place à un silence lumineux ; la salle était pleine d'une belle lumière d'octobre, jaune, frémissante, dans laquelle chaque élève paraissait s'être figé. Nul ne leva les yeux vers moi ; à peine si l'on m'observait du coin de l'œil. Sur l'estrade gisait, dans une robe blanche remontée à mi-cuisse, la tête enfouie dans ses cheveux, leur professeur d'allemand, Anne de C., une très jeune femme, réservée, austère et douce, qui traversait la salle des professeurs, les couloirs, et, semblait-il, les jours, avec un sourire qui ne quittait jamais ses lèvres et qui nous l'avait d'emblée rendue inaccessible, étrangère, d'une trop secrète beauté. Évanouie, sur l'estrade, elle continuait de sourire. Je la soulevai, criai qu'on m'ouvrît la porte et la portai à l'infirmerie, précédé par deux de mes élèves. On aurait dit qu'elle dormait, ou qu'elle gisait au plus profond d'elle-même, abandonnée avec beaucoup de grâce, comme si, ayant cédé à une immense fatigue, elle échappait enfin à des élèves trop difficiles. Elle ne pesait guère ; mince, presque maigre, elle sentait un peu la transpiration et le chèvrefeuille ; sa longue chevelure châtain battait doucement contre ma cuisse. Je la déposai sur un lit et veillai un instant ce visage aux traits réguliers, au front bombé, aux beaux sourcils étonnés. Dans le couloir, le proviseur me demanda de rédiger un rapport ; je me mis à rire : il n'y avait pas là matière à un rapport ; il haussa les épaules et dit qu'il en avait assez de ces jeunes femmes qui ne tenaient pas le coup.

Nous étions plusieurs à vivre exilés dans cette petite ville de l'Aisne, près de la frontière belge. Je ne détestais pas ces collines pluvieuses, ces ciels souvent brouillés, ni la couleur sang-de-bœuf que prend la brique par mauvais temps. Je partageais, dans un hameau voisin, la maison d'un professeur de dessin, et n'aimais rien tant que parcourir à pied, le matin, les quatre kilomètres qui me séparaient du lycée. Pour un peu, je me serais cru à Siom, dans le haut Limousin, où je suis né. Les vaches toussaient dans le brouillard où commençaient à piailler d'invisibles oiseaux ; quelques chiens aboyaient dans des cours de fermes et, lorsque j'atteignais le faubourg, dans le soleil levant, il me semblait que j'allais pénétrer dans quelque Cabaret Vert. Je longeais les murs immenses des aciéries, traversais la rivière sur une passerelle et montais lentement vers le lycée au milieu d'élèves aux cheveux humides et aux voix pleines de brouillard, avec qui je fumais une cigarette avant de gagner ma salle. J'avais peu de goût pour les conversations de salle des professeurs et quittais le lycée dès que je le pouvais, allant même, pendant la pause méridienne, jusqu'à franchir la toute proche frontière pour le seul plaisir de déjeuner ou de boire hors de France, en tout cas loin du lycée, en compagnie d'une jeune femme, professeur de lettres classiques, qui venait de se marier par raison et n'avait l'intention d'être fidèle à personne d'autre qu'elle-même.

À midi, je voulus voir la malade. On me dit qu'elle était rentrée chez elle. Elle avait pris, comme la plupart d'entre nous, une chambre chez une vieille dame, dans une de ces solides maisons de brique qui sentaient le feu de charbon, les pommes cuites, le pain grillé, la verveine, l'eau de Cologne. La propriétaire me dit que Mlle de C. se reposait. Pendant le déjeuner, j'avais parlé d'elle et de son nom qui sonnait comme celui d'un grand prince de notre histoire. J'en parlai trop longuement ; Christine, la jeune mariée, mon amante furtive, en fut vite agacée et me représenta que l'évanouie, comme elle l'appelait, n'était pas une fille pour moi, quelque beaux que fussent sa figure et son nom, « son nom, surtout, murmurait-elle, car tu aimes les femmes autant pour la couleur de leur nom que pour leur visage, leurs seins ou leur ventre, n'est-ce pas ? ». Et elle triomphait doucement, sachant qu'en ce domaine elle avait tout pouvoir sur moi, petite femme fort élégante, poitrine et chevelure lourdes, très brune, avec une peau des plus blanches, à qui je n'avais pas résisté et devant qui Anne de C. ne faisait, disait-elle perfidement, pas le poids.

Je murmurai que son nom seul m'intriguait, soucieux de ne pas irriter davantage celle qui m'aidait à traverser les nuits de cette ville morte dès sept heures du soir. Christine haussa les épaules, dit que c'était bien de moi, ça, que de vouloir brasser de l'air au lieu de l'embrasser, elle. Alors, en un geste qui lui était familier, elle glissa les doigts dans les boucles de ma nuque, les attrapa violemment pour approcher sa bouche de la mienne qu'elle mordit, d'autant plus prompte à sentir le danger que notre liaison, nous le savions, serait brève.

— Tu iras la voir, ce soir ?

Je souris.

— Je t'attendrai, murmura-t-elle en détournant les yeux.

Il ne me déplaisait pas de la savoir inquiète, ni de constater que nos relations, jusque-là un peu décousues et légères, prenaient un tour plus grave. Nous jouions à être des amants, avions fini par l'être vraiment, même si, par crainte de souffrir, peut-être, nous affections de mépriser le pathos et l'innocence de l'amour.

Dès six heures, je demandai à être reçu par Mlle de C. La logeuse me fit signe de monter. Je pénétrai dans une chambre aux volets mi-clos : une glace sur pied en occupait le coin le plus sombre, face à un grand lit aux montants de bois clair ; partout des bibelots des années trente, des vases sur de hauts guéridons, des napperons au crochet, des groupes d'amazones plus alanguies que farouches, des fleurs de toutes sortes, en biscuit, ou séchées, ou fraîches. Anne de C. fumait, allongée sur le lit, près d'une lampe basse. Je m'assis au fond de la chambre. Elle me regardait en souriant.

— Tout ça est bien fané, finit-elle par dire, en désignant le décor.

Je lui souris.

— Je m'habitue à cette chambre ; j'ai toujours vécu dans des lieux de ce genre...

Je n'osais lui parler de ce qui s'était passé le matin ; elle semblait aller mieux, et je n'éprouvais plus, dans cette pièce qui glissait doucement dans le crépuscule et où les bruits de la rue nous parvenaient très assourdis, comme des bibelots non moins étranges que ceux qui peuplaient la chambre, le besoin de parler. Peut-être étais-je simplement heureux de me trouver seul avec Anne, qui me regardait, les yeux plissés par la fumée de sa cigarette, avec une ironie dont je ne l'aurais pas crue capable. Je lui dis que je préférais le visage qu'elle avait d'ordinaire.

— Celui de la jeune femme timide que vous voyez chaque jour au lycée ? Vous avez pourtant l'air d'aimer les femmes difficiles.

Je fus un peu vain : je répondis que toutes

les femmes sont difficiles ; dans le même souffle, je lui dis que je souhaitais que nous dînions ensemble. Elle me regarda sans ciller, puis se mit à rire, très doucement :

— J'imaginais bien que vous voudriez dîner avec moi dès ce soir. Mais que diriez-vous de jeudi ? Ce serait plus sage.

En vérité j'aurais surtout aimé avoir avec elle une de ces conversations sans fin dans lesquelles Christine et moi avions pris l'habitude, le soir, après les cours, de nous délasser comme dans les eaux d'un fleuve lent. Mais c'était à une tout autre lenteur que semblaient me convier ces yeux d'un bleu sombre, ce grand front blanc, ce nez presque trop mince avec au bord de la narine droite un minuscule grain de beauté dont je ne savais s'il m'irritait ou me faisait l'aimer davantage. Et pour cette femme aux manières libres, hautaines, et à la voix tout à la fois douce et mordante, je devais faire l'apprentissage d'un silence qui, en de tout autres circonstances, m'aurait plongé dans le désarroi ; ses paroles avaient beau me paraître futiles, décevantes, et sa beauté bien pâle à côté de celle de Christine, j'acceptais avec elle de me plier à un autre ordre de choses, plus ancien, un langage d'autrefois, dans lequel les mots perdaient de leur force et de leur sens pour s'éclairer autrement, comme les pièces d'un vitrail au soleil couchant, et dans lequel le visage d'Anne eût été la pièce emblématique. Nous ne disions plus rien — n'avions peut-être rien à nous dire. Je ne savais même plus ce que je faisais là, dans cette chambre presque obscure, auprès de cette femme qui semblait avoir oublié ma présence ou s'était endormie.

Christine eut le bon goût de ne pas me poser de questions. Elle ne broncha pas lorsque je lui dis que je ne serais pas libre le jeudi suivant. Nous marchâmes longtemps dans la ville endormie ; il faisait encore doux ; un vent chargé de l'odeur lourde des forêts frontalières soulevait les cheveux de Christine ; nous parlions de tout et de rien, étroitement enlacés, heureux de ne plus nous cacher, et trouvant dans cette liberté une manière de bonheur. Je n'en attendis pas moins la soirée de jeudi avec une impatience qui n'était ni l'indice d'une flamme naissante pour Anne ni qu'une si petite flamme pût dévorer celle qu'entretenait Christine. Je me trouvais plus curieux qu'amoureux — curieux de tout ce qui pouvait se rapporter à la singulière jeune femme que j'attendais, sous un léger crachin, au bas de chez elle et qui ne tarda pas à paraître, souriante, vêtue d'une veste blanche et d'un jean bleu nuit, avec ce port de tête un peu haut qui semblait chez elle un perpétuel hommage à sa lignée. Elle ne me donna ni sa main à serrer ni sa joue à baiser ; elle se tenait debout devant moi, qui restais presque stupide : j'avais l'habitude des conversations de café, des amours brèves ou ambiguës, mais pas de la simplicité.

— Eh bien, dit-elle enfin, vous aimez à ce point la pluie ?

Je proposai le restaurant du Cheval Blanc ; elle rit, se dirigea vers une petite Renault crème garée devant la maison, m'ouvrit la porte, s'installa au volant. Tout cela me paraissait (comme aurait pu le dire Anne) bien prosaïque. Au restaurant, où je bus plus que de raison, je me montrai plus loquace ; nous dînions, mal, dans une salle plutôt sombre dont les coins étaient occupés par quelques voyageurs de commerce, et un couple de jeunes gens qui se dévoraient des yeux. Anne m'écoutait avec ce sourire qui m'avait sans doute porté vers elle et dont je voulais connaître le secret ; je lui parlais de moi comme si j'ouvrais devant elle les livres que je n'écrirais jamais et qui autorisaient tous les écarts de langage, la confession la plus âpre et des questions si abruptes qu'elle ne pourrait, croyais-je, s'y dérober. Je n'étais en vérité guère en état de l'écouter et elle me répondait comme si de rien n'était, avec une politesse exquise, rendant commun ce que mon goût de l'outrance et du pathos me faisait espérer d'extraordinaire.

Son sourire me désarmait ; j'avais le sentiment de la questionner pour ne rien savoir d'elle ; je le lui dis.

— Ces choses-là, murmura-t-elle, se devinent, se rêvent plus qu'elles ne se disent.

— Mais de quoi parlez-vous, à la fin ?

Le vin me faisait fourcher la langue. Anne eut la gentillesse de rire. J'étais soudain fatigué, ennuyeux, ridicule ; elle m'empêcha d'être importun, mais pas de lui demander qui elle était vraiment, avec un sérieux si maladroit que nous en rîmes aussitôt ; elle pressa légèrement des doigts le dos de ma main, avant de dire :

— Ailleurs, à Paris, vous m'auriez proposé, pour écouter ma réponse, quelques pas sur les boulevards, ou sur les quais, et j'aurais accepté. Mais ici... Voulez-vous que nous prenions ma voiture ?

Nous roulâmes à petite allure dans la campagne, passâmes la frontière, fumâmes en silence devant l'abbaye de Chimay dont les murs étaient éclairés, puis retournâmes en France par les bois détrempés. Il ne pleuvait plus. La lune se levait dans un ciel sale. Nous fûmes bientôt devant ma porte. Je dis à Anne que je ne dormirais pas là, cette nuit ; je ne mesurais pas ce que mes mots avaient d'étrange. Mais elle se mit à rire, dit qu'elle ignorait où je dormirais, mais qu'elle trouvait plus convenable que nous nous quittions là. Et contre toute attente, elle me dit qu'elle était enceinte d'un homme qu'elle épouserait bientôt, malgré l'hostilité de sa famille.

— Car, vous l'avez deviné, bien sûr, je descends d'une famille très ancienne. Permettez-moi de ne rien en dire ; je ne suis pas au mieux avec elle, même si c'est, n'est-ce pas ? cela qui vous intéresse en moi...

Ma tempe reposait contre la vitre embuée ; je voyais le fin visage d'Anne se creuser de temps à autre dans la brève lumière de phares vite avalés par la nuit. Elle aimait garder sa cigarette aux lèvres, la tête un peu renversée en arrière pour échapper à la fumée et secouait ensuite les cheveux comme pour qu'on lui pardonne ce qui pouvait être pris pour sa seule concession à la vulgarité d'une époque qu'elle n'aimait guère mais dans laquelle elle croyait de son devoir de se glisser et de passer inaperçue : non qu'elle voulût, disait-elle, échapper aux lois de son sang ni qu'elle se dressât bêtement contre les siens, mais elle voulait vivre, connaître autre chose, sentir que son corps lui appartenait ; et elle souriait comme si elle ne croyait pas vraiment à ce qu'elle disait et que la vie qu'elle s'était choisie lui apparût déjà d'une extrême fadeur. Enseigner n'était pas pour elle qu'un défi aux siens, ou une manière d'expiation, mais l'accomplissement d'un devoir difficile.

— Où serai-je, après cette année scolaire ? Je rejoindrai sans doute ma famille : n'avons-nous pas, vous et moi, un semblable souci du nom, de la vérité, de la pérennité ?

Elle se tut. Je n'étais ni déçu, ni malheureux, ni plus amoureux qu'il ne fallait. Ma curiosité était quasi satisfaite. J'aurais dû en rester là, mais j'approchai mes lèvres de ses joues ; elle se déroba, murmura que j'étais trop sentimental puis me demanda de sortir. J'étais furieux contre moi-même, je fis le tour de la voiture, prêt à tout pour me faire pardonner. Elle ne m'en laissa pas le temps.

— J'ai le sentiment de vous avoir déçu. Je

ne sais pas me confier mieux que je ne l'ai fait — ou alors ce serait extravaguer.

— Laissez-moi vous embrasser !

— Ne me décevez pas, vous.

Elle alluma une cigarette. Je lui dis qu'elle ne devrait pas fumer. J'étais plus pitoyable que jamais. J'ajoutai que je n'avais pas l'habitude de supplier les femmes. Mais elle ne semblait plus écouter. Elle mit le moteur en marche et eut ces mots :

— Vous savez mon état. Vous ne me reverrez pas avant la fin du mois de mai. Voulez-vous que nous nous retrouvions, le premier jeudi de juin ?

Je me mis à rire, incrédule, désolé, soudain très las. Je m'inclinai puis regardai s'éloigner la voiture.

J'attendis le mois de juin sans l'attendre vraiment. Mon amour pour Anne, comme toutes les amours de tête, avait vite fait place à une vague nostalgie et, surtout, à la seule image du visage princier entouré des lumières violentes dans lesquelles je l'avais le mieux aimé. Christine, qui savait tout, se moquait parfois de moi, m'assurant que tout ça n'était que littérature, ce que je lui concédais volontiers, même si je savais Anne de C. incapable de manquer à sa parole et que j'attendais d'elle je ne sais quelle vérité supérieure. Christine faisait alors mine d'être jalouse, l'était sans doute vraiment, et en souffrait.

Anne revint au lycée fin mai, radieuse et sévère, et plus distante que jamais envers ceux qui ne savaient pas la regarder.

— Je ne vous attendais plus, lui soufflai-je dans le couloir qui menait à nos salles.

Elle sourit :

— Vous n'êtes pas sérieux.

Elle ajouta qu'elle aimerait revoir avec moi les bois de la frontière.

Nous dînâmes dans une auberge fréquentée par des routiers et des douaniers, causant de tout et de rien, nous dévisageant l'un l'autre dans une joie simple. Les bois n'étaient pas loin. Le crépuscule avait cette douceur qu'on ne peut sentir que lorsqu'on n'est pas seul. Anne marchait lentement. Elle m'avait pris le bras et me disait combien la naissance de sa fille avait bouleversé ses misérables idées sur le bonheur, la ramenant sur terre, sereine, responsable. Et elle riait, regrettait de me paraître si commune, ou plus grave que naguère. Nous nous arrêtâmes près d'une petite chute d'eau. La nuit était claire. Anne ne me quittait plus des yeux. Elle murmura que moi aussi je devrais avoir une petite fille. J'appuyai mon front contre le sien ; elle secoua la tête, doucement, et dit que ce n'était pas ainsi qu'elle entendait me remercier. Je rétorquai que je ne voyais pas de quoi elle parlait. Elle ne m'écoutait plus ; elle avait fermé les yeux et ne releva les paupières qu'après que je me fus écarté d'elle.

— Je ne peux quand même pas vous donner le sein, dit-elle, les lèvres tremblantes, tout en défaisant d'un geste sûr les boutons de sa chemise dont elle écarta les pans avant de dégrafer son soutien-gorge et de s'asseoir sur une pierre.

Elle gardait un bras devant sa poitrine ; de sa main libre, elle me prit par le poignet et, avec une grande douceur, me fit mettre à genoux, posa la main sur ma nuque, approcha ma bouche de son sein gonflé qui paraissait frémir dans l'obscurité, me recommandant d'être doux, parce que le lait d'une descendante des C. méritait d'être goûté lentement, très lentement. Je fermai les yeux, sentis sur mes lèvres quelque chose de peu sucré, de presque fade, d'abord, puis à mesure que cela m'emplissait la bouche, d'extraordinairement doux, et, comment le dire autrement ? de doré, que je bus en tremblant, mes mains toujours prisonnières de sa main gauche, tandis que de l'autre elle soutenait contre mes lèvres le sein si lourd auquel je buvais avec des larmes de joie.

La visitation

Il n'avait pas oublié son corps : tels furent, à peu près, prononcés à la hâte et comme avec effroi, ses premiers mots à Eva, lorsqu'ils se furent retrouvés dans l'appartement où l'avait conduit la jeune femme. Ils s'étaient rencontrés non loin de la place Clichy, à cet endroit où l'avenue surplombe le cimetière de Montmartre et où, comme à chaque fois qu'il passait là, sans penser précisément à elle, il se rappelait qu'elle lui avait dit aller se recueillir parfois sur la tombe de François Truffaut. Ils marchaient avec une lenteur telle qu'il semblait inévitable, quand ils se croiseraient, qu'ils devraient s'arrêter, se reconnaître, se sourire, approcher leurs mains de leurs visages. Or, s'ils se regardèrent, ce fut d'abord avec une sorte d'irritation, comme s'ils ne s'étaient pas reconnus d'emblée ou que la stupeur empêchât leurs figures de retourner au calme d'une interminable après-midi. Ils sourirent, mais chacun regardait ailleurs ; puis Eva eut un geste vague, lui prit la main et ils commencèrent à remonter l'avenue. Ils ne s'étaient rien dit. Les rues désertes et tièdes de ce dimanche de mai donnaient un avant-goût de la lumière poussiéreuse de l'été. Peut-être songeaient-ils tous deux que le printemps n'aurait pas lieu.

Depuis trois ans, il n'avait pas cherché à la revoir, bien qu'il sût qu'elle était seule et que Philippe, chez qui elle avait habité, comptât encore au nombre de ses amis. Eva l'avait quitté sans un mot. Il disait volontiers qu'elle s'était absentée et affecta même quelque temps, avec un pâle sourire, de se donner l'allure d'un homme en deuil. Elle s'était éloignée sans bruit, à la manière dont elle avait vécu avec lui, dans son appartement de la rue Caulaincourt, en direction duquel ils marchaient, semblait-il, de nouveau. Il ne s'était pas étonné de ne plus la trouver dans l'appartement : ne lui avait-elle pas souvent dit n'être capable de vivre avec lui qu'à la condition qu'il ne lui demande aucun compte de ses faits et gestes, ni de ses journées de silence ? Aussi ne doutait-il pas qu'elle dût le quitter, même si rien ne laissait prévoir pareille fin. La tranquille assurance d'Eva lui permettait de ne pas redouter ce jour : elle aurait l'art, il le devinait, de lui faire accepter cette séparation comme un événement qui n'aurait pas vraiment eu lieu, parce qu'il s'y serait préparé jour après jour, y songeant comme à quelque chose qui n'eût guère d'importance ; il se trouverait alors, sa douleur muée en simple étonnement, délivré, sinon récompensé d'une longue patience.

Jamais il n'avait relevé la tête de sa table de travail sans rencontrer le profil ou le long cou d'Eva, à contre-jour, près des hautes fenêtres aux rideaux d'indienne soigneusement tirés, et devant lesquelles la jeune femme, quel que fût le temps ou la saison, aimait laisser allumée une lampe afin, soutenait-elle en souriant, que les nombreux miroirs dont elle avait peuplé les murs — les seuls objets qui lui appartinssent ou à quoi elle parût tenir — ne demeurent pas inhabités. Elle lisait volontiers, mais sans paraître s'attacher au livre ou au journal posé sur ses genoux ; elle le regardait posément, comme pour faire preuve d'il ne savait quelle bonne volonté par laquelle elle tenait à lui montrer qu'elle n'était pas la jeune écervelée dom il semblait souvent sur le point de se moquer. Ou bien elle fredonnait un air à la mode, auquel elle donnait, de sa voix un peu rauque, une gravité singulière ; et il l'écoutait jusqu'à ce qu'elle se soit tue, soudain tournée vers lui, étonnée du sérieux de son regard, puis éclatant d'un rire bref et très doux. Le plus souvent, elle ne faisait rien, et pouvait rester l'après-midi et une grande partie de la nuit dans un fauteuil, la tête reposant sur l'épaule, les yeux mi-clos. Et lui, respectueux d'un pacte dont à aucun moment il n'avait mesuré vraiment les enjeux, il imaginait d'interminables entretiens intérieurs entrecoupés de rêveries naïves : ce visage abandonné, solitaire, secret, le troublait, l'agaçait. Lui qui ne prenait d'ordinaire pas de gants avec les femmes, il se trouvait, pour la première fois, soumis à l'une d'elles et, de la sorte, délivré de lui-même et tout entier occupé d'elle ; il ne cessait de s'en étonner — et cet étonnement tournait souvent à une sorte de joie stupide, ou de ferveur hébétée dont il rougissait. Ce n'était que par un reste de vanité qu'il feignait de ne pas accepter cette soumission, de se montrer, dehors, brutal avec elle ou de susciter ce qu'il prenait pour de la jalousie : de cela Eva était si peu dupe qu'elle acceptait de jouer le jeu jusqu'à pleurer en public, de sorte qu'il pouvait croire la situation renversée, ou plus juste.

Il songeait parfois qu'Eva n'était qu'une enfant, et il s'irritait de sa jeunesse ; il lui arrivait aussi de la trouver bête avant de se résigner à l'étrangeté de son caractère, de même qu'il s'était habitué à la gracilité de son corps. Ce n'est que bien des semaines plus tard, quand il eut accepté de prendre les choses comme elles venaient, qu'il comprit, lui qui n'avait de goût que pour les femmes plus mûres, qu'il l'aimait non seulement pour cette sorte d'enfantine ingénuité et ses yeux bleus toujours prompts à un émerveillement paisible, mais parce qu'elle était de ces êtres avec qui l'on ne peut vivre, sans pour autant cesser de les aimer — eût-on oublié leurs traits — à cause de l'effroyable nostalgie que l'on garde d'eux, ou bien parce qu'il a toujours été trop tard.

Il accepta de souffrir, affectant, jusqu'à se leurrer lui-même, de trouver supportable sa douleur, mais se réveillant la nuit, en larmes, comme un enfant, se montrant ainsi le plus enfant des deux. Il découvrait qu'il ne savait rien d'elle, sinon qu'elle était bien plus jeune que lui, avait été abandonnée par les siens, vivait à la petite semaine, avait des origines étrangères, était étrangère à tout — à tel point qu'il n'avait jamais osé (mais s'en était-il vraiment soucié ?) tenter d'obtenir d'elle ces infimes détails par quoi les amants veulent tromper les temps morts. Et en remontant vers la rue Caulaincourt, ce dimanche de mai, il ne songeait pas davantage à la questionner, ni même à la regarder : ses yeux s'attachaient à quelque détail élu au hasard dans la rue, jusqu'à ce qu'il l'eût dépassé, pour s'attacher à un autre, comme le ferait un coureur de fond.

Il n'avait jamais surpris de laideur dans cet étroit et pâle visage qu'il s'avouait trouver quelconque : visage plus souvent épié qu'observé et dont, une fois Eva disparue, les traits se dissocièrent assez vite ; ainsi avait-il détruit une figure toute-puissante quoique discrète, qui se recomposait par moments en lui, mais trop lointaine et simplement familière pour qu'il en acceptât de nouveau la nudité.

Il souffrit comme un adolescent, en exagérant ce qui n'était pas vraiment douloureux, et sachant, en adulte, se résigner à l'invraisemblable ou à l'inacceptable, de même qu'il s'était, selon des mots excessifs, résigné à la beauté. Il feignait par exemple de ne pas se rappeler son prénom, ne s'étonnant même pas, l'unique fois où ils parlèrent d'elle, que Philippe eût accepté de vivre avec un être aussi singulier, ne se demandant pas comment les choses s'étaient faites, se contentant peut-être de penser, pour ne pas s'avouer un sentiment qui ressemblait à de la jalousie ou du dépit, que Philippe, qui menait une vie tumultueuse, était souvent absent, ce qui laissait à Eva le loisir de vivre comme elle l'entendait, c'est-à-dire selon des lois aussi mystérieuses que les aberrations célestes.

Trois années plus tard, il ne s'étonnait pas davantage de se retrouver avec elle — alors qu'il avait cru, jusqu'au dernier moment, qu'ils monteraient chez lui — dans un appartement, petit et sombre, de la rue Lamarck, non plus que d'apprendre qu'elle y vivait depuis six mois, tout près de lui, et qu'il lui arrivait de le suivre, le matin, jusqu'au lycée où il donnait ses cours. Il l'avait connue là, amie d'un de ses élèves qui lui était resté attaché et qu'elle avait accompagné plusieurs fois rue Caulaincourt, muette et attentive, avant de revenir un soir, seule, s'offrant à lui d'une façon si désarmante qu'il ne songea même pas à la rejeter et qu'il s'attacha d'emblée à respecter le silence qu'elle semblait susciter. Oui, Eva était capable de vivre auprès de quelqu'un sans qu'on s'aperçût de son existence autrement que par l'impression de malaise que laissait sa disparition — et cela seul résumait à ses yeux son mystère, même si, à cet instant, il attribuait ce mystère à un singulier mélange de silence tactique et d'une timidité due à son peu de culture : inculte, il se répétait alors qu'elle l'était, non sans quelque agacement, comme ç'avait été le cas le jour où il lui offrit une belle reproduction du tableau de Jean Cousin, *Eva Prima Pandora*, qu'elle regarda à peine. Il en fut vivement irrité et (ce fut d'ailleurs l'unique mouvement de violence qu'elle fit naître en lui) déchira la reproduction. Elle avait les larmes aux yeux : tous deux étaient allés trop loin, elle pour avoir à mauvais escient usé de son silence, et lui parce qu'il avait voulu établir entre le monde et elle une relation déplacée, presque contre nature, regrettant néanmoins qu'Eva s'en tînt aux seuls reflets de ses miroirs, à cette eau profonde et si trompeuse que nulle figure humaine ne pouvait s'y défaire.

Sans doute avait-elle quitté Philippe comme elle l'avait quitté, lui, et vivait-elle seule : c'était du moins ce que pouvait lui laisser penser l'aspect de cet appartement quasi vide, à l'exception d'un lit fait d'un matelas recouvert d'un tissu fané, posé à même le plancher, dans un coin, d'une malle d'osier, de trois tabourets grossiers tels que ceux dont on se sert pour traire, et des nombreux miroirs veillés par de petites lampes. Eva continuait à se taire ; elle avait lâché sa main, qui lui sembla alors nue et vouée à une immobilité presque obscène ; debout devant lui, la jeune femme souriait, ignorant les questions dont il la pressait par désarroi, le regardant de cet air un peu triste qu'il retrouvait avec reconnaissance. Eva secoua la tête et se mit à marcher dans la pièce : le froissement d'étoffes lui ferait plus tard songer que c'était à ce moment-là qu'elle avait une première fois parlé, révélant qu'elle le suivait jusqu'au lycée. Mais avait-il jamais su l'écouter ? Ne lui avait-elle pas un jour reproché — usant de ses mots à lui — de trop se fier aux apparences ?

Qu'elle fût vêtue d'une robe noire très courte et de souliers plats qui laissaient voir des jambes un peu maigres lui parut une faute de goût. Pendant qu'elle l'avait guidé à travers les escaliers et les couloirs, il n'avait pu s'empêcher de regarder le mouvement de ses hanches et de ses fesses comme il l'eût fait pour une putain qui serait montée devant lui. De cela aussi il rougissait tout en continuant à parler pour ne rien dire, ce dont souriait Eva qu'il savait capable de transformer les paroles les plus banales en quelque chose de grave et de décisif dont elle faisait dépendre non seulement la suite de la conversation, quand elle était décidée à parler, mais encore le déroulement de toute une journée ; aussi parlait-il sans vergogne pour se donner une chance de l'entendre enfin dire quelque chose...

Il lui dit qu'il ne la reconnaissait pas, qu'elle avait du moins beaucoup changé, qu'elle était une femme à présent. « Une vraie femme ! n'est-ce pas ce que vous voulez dire ? », murmura-t-elle avec cette douceur et cette courtoisie qui l'avaient toujours dérouté et qui le poussèrent à répondre précipitamment et d'une façon un peu niaise — et, pour cela, il eût été aussi bien capable de la gifler — qu'il retrouvait enfin le grain de sa voix. Il mentait : il lui était arrivé de téléphoner chez Philippe, qu'il savait absent, dans la seule intention d'écouter sa voix, à elle, questionnant dans le silence puis, comme si elle devinait qui l'appelait, de l'entendre respirer longtemps, avant de raccrocher. Mais ce qu'elle venait de dire était, une fois encore, une de ces vérités qui le laissaient désarmé : il n'avait plus devant lui la trop jeune femme de naguère mais une femme si sûre d'elle qu'il ne pouvait rien lui refuser. Il se rappela qu'elle lui avait offert un volume de lettres de Rilke dans lequel elle avait souligné ce qui avait trait à la solitude, à la pauvreté, à la mort. Il avait été flatté qu'elle ait su deviner si bien ses goûts les plus secrets (ou ce qu'il appelait trop sérieusement ses hantises). Il se disait maintenant que ce présent avait eu quelque chose de prémonitoire : sorte d'aveu prématuré ou intuition de leur solitude irrémédiable, d'une incapacité à l'aimer, lui, de sorte que c'était elle qui déjà se trouvait sur le chemin de la pauvreté et, peut-être, de la mort.

À ces songeries Eva mit fin en tournant la tête vers la lumière d'une lampe proche ; lentement, elle défit les boutons de sa robe. Son visage trouvait dans le clair-obscur un surcroît de gravité (de même que les bruits du dehors leur parvenaient détachés, restitués par le silence de la pièce à une singularité effrayante, comme si l'on eût entendu le temps se déliter en blocs crissants). Il ne bougeait pas. Lorsqu'elle fut nue, elle lui prit le bras et le conduisit dans la pièce voisine, au centre de laquelle se trouvait un tapis rouge. Il n'avait plus ouvert la bouche ni quitté des yeux ce visage paisible sur lequel il devinait, mieux qu'il ne l'eût fait en lui effleurant le corps, une nudité prête aux plus violents bouleversements. C'est alors qu'il murmura (mais ce murmure ne franchit peut-être pas ses lèvres ou se confondit avec leurs souffles rapprochés) qu'il ne parvenait pas à l'oublier. Et dans une lumière jaunâtre, tiède comme l'intérieur d'un corps, et froide en même temps, comme si elle sourdait de l'eau des miroirs, le corps d'Eva lui parut parcouru d'interminables frissons : il aurait pu croire qu'elle pleurait, ou qu'il entendait le bruissement de son sang.

Elle l'avait aidé à se dévêtir. Elle attendait, la tête bien droite, les bras repliés contre ses seins. Il finit par s'agenouiller devant elle. Au-dehors, la lumière avait encore changé ; l'après-midi entrait dans ce moment où chacun se mettait à espérer la venue de la nuit. Eva s'agenouilla à son tour, lui tournant presque le dos : on eût dit qu'elle priait. Il leva la main vers sa nuque et entreprit de faire passer par-dessus sa tête ses lourds cheveux bruns dont les boucles retombèrent sur ses épaules : Eva frissonna comme s'il l'avait frappée. Si grande était sa nudité qu'elle lui donnait sur lui une autorité qu'il ne chercha pas à lui disputer par sa propre mise à nu. Le visage de la jeune femme effaçait d'un coup tous les simulacres que lui avait offerts sa mémoire, pendant trois années, pour laisser place à une figure fermée mais fraîche et attentive, plus enfantine encore qu'autrefois, à tel point qu'il pouvait croire que c'était son mûrissement même qui la renvoyait à son enfance. De cela il fut ému, jusqu'à sangloter en silence, plus que du plaisir qu'elle lui donna — un plaisir bref, qui le fit se tordre à lui-même au lieu de l'en délivrer et qui était bien plus singulier que tout ce qu'il avait pu espérer de cette rencontre, qu'il pensait jusque-là, non sans mauvaise foi ou bien par quelque peur, ranger au nombre de ses bonnes fortunes.

Elle lui demanda s'il l'aimait. D'une autre, ces mots l'auraient fait rire ou lui eussent paru odieux. Il n'aurait pas davantage, en d'autres circonstances (celles-ci lui resteraient-elles obscures à jamais), toléré la réponse qu'il s'entendit prononcer : qu'il l'aimait, oui, et qu'il ne pouvait en aller autrement, et cela avec une lenteur et une douceur qui le firent blêmir, comme si le sentiment trop vif dont il mesurait alors la plénitude, il l'affirmait, pour la première fois, avec un aplomb quasi désespéré de menteur, certain que les premiers mots le sauveraient, Eva lui permettant ainsi d'en mesurer la force dérisoire par des mots qu'elle lui faisait répéter sans répit, sur tous les tons, allant jusqu'à le reprendre s'il faiblissait, comme on le fait avec un écolier qu'une faute rend bègue.

L'ombre envahissait la chambre. Les miroirs étaient pleins d'or. Eva s'était rhabillée, et vaquait dans la pièce voisine, tandis qu'il continuait à balbutier, la tête inclinée vers le tapis. Et lorsque la jeune femme revint, donna davantage de lumière, il ne chercha pas à se défendre de la honte qu'il éprouvait soudain à demeurer nu devant cette femme vêtue comme si elle arrivait du dehors et dont il respirait l'odeur avec un effroi coupable ; sentiment qui se dissipa quand le visage d'Eva fut à nouveau si près du sien qu'il le reconnut à peine : ne chercherait-il pas dès lors à oublier la froideur et le lointain de traits qui lui révélaient brusquement une grande dureté de cœur ? C'était le visage d'une femme victorieuse, qui venait d'obtenir de lui tout ce qu'elle avait désiré et que sa victoire dispenserait de toute justification. Elle s'accroupit, lui baisa les lèvres, se releva lestement. Dans ses efforts pour ne pas pleurer, il joignait les mains comme un enfant impuissant à attirer sur lui une autre commisération que la sienne. Eva ne l'aidait pas, ne disait rien : debout près d'une fenêtre, elle tordait sa chevelure dans un foulard moiré. Se souviendrait-il qu'à un moment de l'après-midi (moment qu'il mettrait peut-être des années à tenter de se rappeler pour le verser enfin au rang des songes) elle lui avait fait accepter l'extravagance de la situation, à la condition, une fois encore, qu'il ne lui poserait pas de question et ne chercherait pas à la revoir : une situation de fait accompli qui faisait de lui le père futur et plein de dégoût de l'enfant qu'elle avait toujours désiré avoir de lui? Il ferma les yeux. Il frissonnait. Quand il fut à nouveau capable d'ouvrir la bouche, Eva n'était plus dans l'appartement.

Une jeune mère

J'aime me perdre, m'écarter de moi. C'est pourquoi j'évitais, le jour, les larges avenues poussiéreuses qui traversent Lisbonne et celles qui longent le fleuve, interminables, bordées de longs bâtiments jaunâtres à demi abandonnés, désertes dès que tombe la nuit, et qui donnent à ce bord extrême de l'Europe un avant-goût de villes ultramarines et toute la mélancolie des capitales d'empires perdus. Ma détresse, ma solitude, je les trompais dans les dédales des hauts quartiers, les étroits belvédères où le vent me prenait la gorge en écharpe, les trous d'ombre qui s'ouvraient dans les façades émaillées, dans les visages, dans l'or sombre des églises. Et j'attendais la nuit pour redescendre vers les places centrales, le plus souvent par l'avenida da Liberdade où je pouvais renverser la tête vers un ciel enfin obscur. Mon unique souci, pendant ces déambulations, était de retenir des visages de femmes. Les palais, les musées, les sites m'ennuyaient vite et j'errais dans la ville comme j'écoute l'opéra : sans me soucier du livret. Ma solitude était prompte, en ce début de juillet, à se muer en un désespoir qui m'obligeait à demeurer quelquefois tout le jour à l'hôtel, lumière et volets clos, à écouter dans un demi-sommeil la rumeur assourdie du funiculaire, des automobiles, les cris de collégiens, de mendiants, les mouvements et les sirènes des trains dans la gare toute proche, jusqu'à ce que la nuit eût dissipé ces bruits et qu'on n'entendît plus que le souffle du vent dans le lierre des maisons d'en face.

J'aimais, le matin, marcher près de la gare ou des débarcadères pour surprendre les fonctionnaires, les ménagères, les désœuvrés descendant des trains de banlieue ou des navettes fluviales : visages fermés, à peine lavés des eaux nocturnes, sombres ou soucieux, mais que le surgissement dans la lumière délivrait soudain et emplissait d'une joie quasi craintive ; visages de mendiants plus noirs et sales ici qu'en toute autre capitale et plus violemment tourmentés par la chaleur, le bruit, la lenteur de journées passées à tendre la paume sur les pavés minuscules, dans la poussière des automobiles et des chantiers ; visages de jeunes filles et de femmes dont je suivais avec délices la délivrance dans l'air du matin, visages d'aube ou de plein midi, hautains, animaux ou douloureux, sans autre mystère que celui de leur lente inclinaison vers leur propre nuit, tous émouvants pour peu qu'on s'y attardât, se retournât sur eux, les forçât à regarder, à sourire, à s'incliner ou à se redresser dans leur bel orgueil, et qui souvent me laissaient pantelant de désir et d'amours trop rêvées, surtout si la beauté en était confirmée par des boucles brunes et des seins d'une juste lourdeur.

Ces déambulations m'obligeaient à de fréquentes stations sur des bancs, des murets, à des tables de petits restaurants. Le soir, les cafés de la rue Garrett étaient propices à une observation plus paisible ; les femmes passaient là, nombreuses, par groupes de deux ou trois, avec une lenteur de filles à marier. S'y arrêtaient aussi de belles étrangères à qui la douceur presque triste du soir avait fait perdre de leur arrogance et qui buvaient avec des rires brefs ou, le regard perdu, écoutaient le bruit des heures, comme cette jeune Française au visage extraordinairement doux sous d'épais cheveux blonds, qui lisait le *Guide bleu* tout en levant de temps à autre un regard très clair et souriait sans que je fusse capable de dire si c'était à moi ou au couple d'amoureux, à ma gauche, dont la femme surtout retenait l'attention par le mouvement de son épaule grasse, recouverte d'une mantille noire qui ne cessait de glisser et qu'elle retenait d'un geste imperceptible du menton, afin de ne pas trop découvrir la naissance de seins magnifiques que l'homme contemplait avec l'apparente négligence des amants comblés. La jeune Française continuait de sourire, comme on se sourit à soi-même. Je me souvenais de l'avoir vue, la veille ou l'avant-veille, près du Rossio, assise à une petite table de restaurant où elle mangeait seule, du même air un peu triste, son guide ouvert sur la table et posant autour d'elle ce regard calme et lointain qui défendait qu'on l'abordât et me faisait imaginer, avec la niaiserie de ceux qui savent mal souffrir, qu'elle était venue seule à Lisbonne pour y oublier un homme. Je songeai que je pourrais l'aimer éperdument, m'amusai quelque temps de cette idée, en souffris une seconde. Lorsqu'elle se leva, je lui souris : je n'avais rien à perdre ;

ses yeux seuls me rendirent mon sourire ; elle traversa, en face, le hall de l'hôtel Borges, demanda sa clef, entra dans l'ascenseur sans s'être retournée. Je guettai longtemps, aux fenêtres de l'hôtel, une apparition peu probable, puis je me mis à rire, frissonnant dans le vent marin qui soufflait maintenant avec plus de force, trouvant tout cela bien littéraire et en tout cas trop beau pour ne pas être un songe. J'en avais cependant les sangs assez échauffés ; le dépit me rendait tout entier à la belle et douloureuse logique de mes sens. J'errai dans la nuit orangée par les ruelles du Bairro Alto, puis le long de la rue de l'École polytechnique et du côté du parc Eduardo VII, avant de redescendre l'avenida da Liberdade, dont j'aimais les allées profondes, les bassins d'eau croupie et le mouvement nocturne des prostituées.

Je n'avais jusque-là pas vraiment regardé ces filles, que leur discrétion semblait murer dans leur laideur et qui, jour et nuit, arpentaient trottoirs et contre-allées, de chaque côté de l'avenue, sans que rien, souvent, les distinguât de mères de famille fatiguées, sinon un mouvement plus vulgaire de la bouche ou des hanches, ou encore une manière lasse d'expirer la fumée de leur cigarette. Plus nombreuses, la nuit, elles se tenaient debout sous les arbres, entourées d'hommes, clients, badauds et souteneurs mêlés, et conversant avec bonhomie, ou bien assises sur des bancs auprès de vieux messieurs. C'est en passant le pont minuscule qui enjambe un bassin que je remarquai une fille, assez jolie celle-ci, assise sur la rambarde en compagnie d'un vieillard maigre, à lunettes d'écaille, aux cheveux blancs, très fins, rejetés en arrière, qui lui tenait les mains et les pressait avec une ferveur que semblaient souligner ses paroles — paroles de reproche ou d'exhortation et sans doute bien amères puisque la fille les écoutait, les yeux baissés, en souriant comme une enfant qu'on gronde. Il lui baisa chaque joue, puis s'enfonça dans la nuit, tandis que la fille était rejointe par un homme jeune, en tee-shirt noir, aux muscles trop apparents, à l'allure insouciante. Il jeta sa cigarette, prit la fille par le cou et amena sa tête contre la rambarde. Elle regardait l'homme sans rien dire, le visage crispé, les yeux grands ouverts : elle était, à ce moment, d'une rare beauté, le torse renversé, les seins presque entièrement découverts, le visage délié par la douleur ; ses dents brillaient par intermittence ; ses cuisses tremblaient dans son pantalon de coton clair.

Son sac tomba. L'homme le ramassa, retint par le bras la fille qui se redressait en chancelant ; ils s'engouffrèrent dans un bar d'où je les vis bientôt ressortir ; elle tenait à la main un énorme sandwich dans lequel elle mordait en riant ; son compagnon s'était remis à fumer ; ils semblaient ne s'être pas adressé la parole. Ils marchèrent d'un pas vif jusqu'à la station de taxis.

Je n'ai pas de goût pour les prostituées. Il faut un cœur ivre ou léger pour monter avec elles, et la pauvre secousse qu'elles peuvent donner ne suffit plus à me détourner de moi. La scène m'avait néanmoins trop intrigué et le visage de la fille trop ému pour que je ne sois pas retourné, la nuit suivante, au bas de l'avenue. La journée tout entière fut vouée à l'attente, tout à la fois fiévreuse et patiente, de la nuit, comme si j'obéissais à un désir lié aux faims de ma jeunesse. Je me promenai dans l'Alfama, donnai quelques pièces à un compatriote qui prétendait s'être fait dévaliser, regardai longuement un jeune mendiant mulâtre assis par terre, en plein soleil, le torse nu, effroyablement déformé, le regard vide. Je trouvai refuge dans une boutique profonde où je bavardai avec une femme d'âge mûr qui parlait un français délicieux et vendait des azulejos et des christs ensanglantés. Au coucher du soleil, j'observai dans un petit parc, d'où l'on voyait le fleuve, des couples d'amoureux qui se retrouvaient sous le regard bienveillant des parents ou des petites sœurs : le vent plaquait les jupes des filles contre leur ventre et leurs jambes, en leur tirant des rires. J'étais las. Je dînai dans une gargote sombre et fraîche, en face d'un homme gras dont la main gauche était chargée de bagues. Je bus beaucoup. J'étais à peu près ivre lorsque j'entrepris ma longue marche vers l'avenida da Liberdade.

Je m'assis sur un banc, assez loin des filles qui traversaient de temps en temps l'avenue pour aller bavarder avec d'autres, près d'un carrefour où des ouvriers accroupis dans la lumière des réverbères restauraient les motifs floraux des pavés. L'une d'elles franchit l'avenue en courant — une petite brune au beau visage mutin, aux cheveux mi-courts, aux jambes très libres dans une courte jupe noire et au torse pris dans un blouson doré aux manches bouffantes, ouvert sur un chemisier blanc ; elle souriait, regarda près de moi puis alla rejoindre un homme assis sur un autre banc. Je regrettai qu'elle ne fût peut-être pas une putain ; je ne lui aurais pas résisté : elle avait le poids, la dureté et l'extrême douceur des femmes qui ne surgissent que dans nos songes. De mon banc, je distinguais assez mal, sous les frondaisons d'en face, le va-et-vient des autres filles. Je traversai et m'adossai contre un arbre. Une femme plutôt laide s'arrêta ; je secouai la tête ; elle s'en alla en fredonnant un vieil air anglais. Une autre fille, très jeune, presque maigre, passait et repassait devant moi, les yeux clos, la bouche pincée, les bras croisés autour du torse, l'air terrifiée. Je ne restai pas longtemps seul : une belle femme de taille moyenne vint à moi d'un pas décidé ; la nuit donnait à son visage étroit quelque chose de lisse et de mat ; elle se tenait si près que je ne pouvais détacher mes yeux de ses grands yeux sombres, de ses lèvres épaisses, de ses cheveux courts. Nous bavardâmes en anglais. Elle fit l'éloge des *latin lovers*, voulut savoir comment je trouvais la ville, dit d'un air soudain las que toutes les capitales se valaient, de la même façon qu'elle l'eût dit des hommes ou des façons de mourir, sortit une cigarette que j'allumai, puis me demanda si je voulais faire l'amour. Pourquoi lui résister ? Je discutai encore, pour le plaisir de fumer avec elle, dans la fraîcheur des arbres, et surtout parce que je venais d'apercevoir, parmi des filles plus laides les unes que les autres, celle de la veille, en compagnie du même vieillard, cette fois assis sur un banc sur lequel elle avait posé le pied. Elle lui caressait la tête et y déposait de temps à autre un baiser ; et ils ne cessaient de parler, à mi-voix, comme s'ils avaient été seuls et que la nuit leur appartînt. Le souteneur n'était pas loin, mais semblait s'en désintéresser.

Celle qui m'avait abordé surprit mon regard.

— Ça t'étonne ? dit-elle en souriant. C'est vraiment une curieuse histoire.

Elle me regarda, le visage tout près du mien, la bouche tendue comme pour un baiser, l'air moqueur. Je compris que je ne saurais la suite que si je montais avec elle.

— Regarde, souffla-t-elle en me pressant le bras.

Le souteneur s'était approché de l'étrange couple et parla au vieillard, qui se leva et se mit à suivre la fille. Nous marchions à quelques mètres l'un de l'autre, dans la ruelle qui montait vers l'immeuble où officiaient les filles. Le vieil homme souffrait visiblement de cette montée qui me paraissait, à moi aussi, interminable. Devant nous bavardaient les deux filles. Le vieillard trébucha ; je m'approchai de lui, mais il refusa mon aide avec colère.

Je cessai de m'intéresser à lui. Natalia (c'était ainsi que m'avait dit s'appeler, sans avoir l'air d'y croire, la petite brune) m'attendait à mi-hauteur d'un escalier de bois mal éclairé et malpropre dans lequel semblaient s'être réfugiées les odeurs les plus lourdes de la journée : ses fesses, dans son étroite jupe bleu pétrole, la cambrure de ses mollets, son parfum bon marché, sa démarche svelte, tout cela me bouleversait, tout de même que les gestes calmes et sûrs avec lesquels elle me déshabilla avant d'ôter ses vêtements. Elle accepta d'éteindre le plafonnier. Elle délivra d'un soutien-gorge noir deux seins d'un poids magnifique dont elle me donna les pointes à sucer, comme si elle devinait que c'était avant tout pour eux que je l'avais suivie ; puis elle s'allongea sous moi, les jambes très relevées, sans cesser de sourire.

Je ne voulus pas que nous nous rhabillions tout de suite ; je lui donnai encore de l'argent, et nous fumâmes, étendus sur le mauvais lit, dans la lumière orangée qui venait de la rue. Je caressais le ventre et les cuisses de Natalia, qui semblait extrêmement paisible ;

sa peau avait, dans la pénombre, la même patine que les christs d'ivoire que j'avais tenus dans la main l'après-midi, et son corps, une inoubliable cambrure. Nous fumâmes d'autres cigarettes. On entendait des filles et leurs clients murmurer dans les couloirs ou marcher en silence. Je songeai soudain au vieillard ; j'en parlai à Natalia, qui me dit avec un petit rire que c'était un pauvre homme de la campagne qui avait dû venir vivre en ville, où il avait retrouvé sur le trottoir cette fille en qui il croyait reconnaître une de ses petites-filles ; celle-ci ne l'avait pas détrompé ; depuis, le vieux venait passer auprès d'elle toutes ses soirées, au grand dam du souteneur qui avait fini par forcer le vieux à monter avec elle, pour que les apparences fussent sauves. Personne ne savait la vérité sur leurs liens de parenté, le vieux et la fille ayant peut-être fini par se ranger à cette vérité incertaine, pauvre et ambiguë ; il n'imaginait plus en tout cas de tromper autrement sa solitude ; quant à elle, elle devait trouver là une sorte d'affection à laquelle elle n'osait plus croire.

— D'ailleurs, qui gênent-ils, s'écria Natalia, les yeux brillants, en se rhabillant. Venez voir, ajouta-t-elle en français, car elle parlait français, comme je le soupçonnais depuis longtemps : elle abandonnait son anglais professionnel et, dans ma langue, me vouvoyait avec une déférence qui m'émouvait autant que sa nudité et le plaisir qu'elle m'avait donné.

Je la suivis dans un couloir désert, jusqu'à une chambre qui servait de débarras et dont elle referma la porte avec précaution. Elle s'approcha du mur à pas légers, me fit signe de venir, écarta un morceau du papier peint qui tombait en lambeaux ; et je pus voir, à travers une lézarde, la fille qui fumait, nue sur un lit ; elle regardait en souriant le vieillard tout habillé, assis à son chevet : lui aussi fumait et la regardait avec un beau sourire. Natalia me pressa les doigts. Je vis la fille se lever, prendre le vieil homme par la main et l'amener au bidet devant lequel il s'agenouilla. Il riait et pleurait tout à la fois. Alors elle tira son membre de son pantalon et le fit pisser avec une patience de jeune mère.

Octavian

N'ai-je pas d'emblée, dès le moment où je l'ai vue — et pour reprendre à Balzac une expression dont j'usais alors non sans afféterie —, entrevu un roman ? Les circonstances étaient pourtant bien peu romanesques. Je ne l'apercevais que de dos ou de profil, jeune femme vêtue de gris, assise sur un banc dans la travée gauche de l'église Saint-Martin, les mains jointes sur les genoux, avec sur les lèvres un sourire indéfinissable qui m'empêchait de savoir si elle priait, méditait ou était là en simple visiteuse, se reposant d'une longue marche le long des rampes et des ruelles qui l'avaient conduite dans la ville haute, et contemplant la longue nef dans la paix recouvrée de ses sens, la tête baignée d'une lumière pâle qu'on aurait dite aussi bien tombée des hauts vitraux qu'émanée d'elle-même. Elle avait, pensai-je — et à ce prompt enthousiasme on jugera combien j'étais jeune —, elle avait un sourire de vierge, une beauté de moniale ; mais j'eus à peine formulé cela qu'il me sembla que je me trompais, que je laissais se former en moi quelque pensée déplacée, excessive, impie.

À cette époque, ma foi n'était que religiosité mêlée de vague superstition, avec un goût prononcé pour l'architecture sacrée. Je m'étais mis à fréquenter assidûment les églises de la ville haute, par désœuvrement, peut-être, autant que pour le calme que ces nefs sombres et silencieuses faisaient renaître en moi après mes journées au bureau. Affecté à Laon pour une année, j'avais accepté avec indifférence cet exil. Je logeais dans la ville haute, non loin de la citadelle. J'aimais le silence des ruelles et des arrière-cours, les gestes lents des citadins, la paix des promenades et, pardessus tout, l'espèce d'étroit belvédère d'où l'on découvrait, tout autour de la butte, des plaines sans fin : je venais rêvasser là, les soirs de septembre et d'octobre, en regrettant qu'il soit désormais impossible d'écrire l'histoire d'une jeune sentinelle guettant aux horizons bleutés des cavaliers barbares venus du nord.

Avec les premières pluies d'automne, je me

réfugiai dans les églises, où je trouvais, mieux que dans les cafés, une tiédeur et un calme propres à apaiser des blessures que la solitude et la mélancolie de la saison rendaient de nouveau sensibles. Plus simplement, je m'ennuyais — à moins qu'un peu de désarroi ne ravivât un reste de foi enfantine. Nul ne pénètre impunément sous les voûtes sombres pour s'approcher d'un christ dont le haut corps blanc est éternellement veillé de lueurs vacillantes. Peut-être enfin trouvais-je en ces lieux hors du temps une lumière qui dissipât mes propres ténèbres : lumière que je sentais sourdre de moi et m'envelopper la figure. Il m'arrivait d'en pleurer, silencieusement. Je pris l'habitude de m'agenouiller, le visage à demi enfoui dans les mains, et, ne m'entretenant qu'avec moi-même, de retrouver les gestes de la prière.

Peu à peu, sans m'en rendre compte, comme on attrape un accent, je fis miennes les manières des gens de Laon : gestes et verbe d'ecclésiastique, me faisaient remarquer en riant les quelques personnes qui, au bureau, dans la ville basse, m'adressaient la parole. Je ne m'en défendais pas. J'ai toujours eu la lâcheté de passer pour celui qu'on voulait que je sois : c'était une façon comme une autre de me délivrer un peu de moi. Je connus bientôt toutes les églises de Laon ; mais nulle ne me plaisait comme l'église Saint-Martin. L'aimais-je pour la sobriété de son architecture, la clarté douceâtre des cierges dans les chapelles latérales, la délicatesse naïve de son carillon, ou bien avais-je déjà remarqué la jeune femme en gris et venais-je là pour seulement contempler, sans effronterie ni remords, sa démarche gracile et lente, son port de tête à la fois hautain et résigné, sa chevelure très blonde à peine dissimulée sous un foulard sombre qui me faisait croire qu'elle était en deuil ?

Son visage me demeurait inconnu. Je me demandais si je m'en souciais vraiment, ou si je ne redoutais pas plutôt qu'elle fût laide — à tel point que je fermais les yeux dès qu'elle se levait, faisait une génuflexion puis passait près de moi. J'appris à reconnaître son pas, baissais la tête dès que je l'entendais entrer pour ne la relever que lorsqu'elle s'était assise, assez loin devant moi. Alors je la regardais prier. Avec toute autre femme, pareille contemplation m'aurait paru sacrilège ou sans intérêt. Or, j'accordais là ce qu'il me faut bien appeler, faute de mieux, ma piété avec un sentiment de pure curiosité : la jeune femme n'avait-elle pas l'attrait quasi littéraire de figures provinciales promptes à s'épanouir dans quelque drame muet comme à s'y faner ? Je ne quittais mon banc qu'après qu'elle était ressortie. Dérisoire voyeur, je ne manquais pas de retourner, chaque fin d'après-midi, après le bureau, à Saint-Martin.

Ce jour-là, un office funèbre avait lieu dans l'église. Je demeurai dehors, sous le porche battu par un vent chargé d'une pluie fine, souriant comme si j'étais certain de ce qui s'ensuivrait — certain qu'il me suffirait, à un moment ou à un autre, de fermer les yeux, de tourner la tête, de regarder pour qu'elle fût là, après un léger bruit de pas, le visage enserré dans le foulard, l'air sévère, trop blonde et trop belle pour fréquenter les églises, pensai-je de façon quasi amusée, songeant que je n'y étais, moi non plus, pas tout à fait à ma place. Ainsi nous trouvions-nous soudain face à face, dans le bonheur pour moi un peu juvénile et inquiet des « premières fois », immobiles et muets, cherchant peut-être moins à savourer l'instant, à le faire durer (comme je l'aurais fait avec toute autre femme), qu'à retenir de ce visage l'expression changeante, faite de crainte et d'abandon ; il me semblait même que je voyais respirer une beauté secrète dans cette figure étroite aux grands yeux sombres et presque trop écartés, aux lèvres bien dessinées mais fines, aux pommettes hautes sur lesquelles la pluie coulait comme des larmes — ce qui me fit trouver la situation trop romanesque : cette femme (moins jeune que je ne l'avais cru) n'était-elle pas en quelque sorte ma prisonnière, retenue près de moi par la pluie et hors de l'église par le service funèbre ?

Sans doute ai-je souri de façon déplaisante. Crut-elle que je lui souriais, que je me voyais maître de la situation ? Peut-être pensait-elle qu'elle s'était imprudemment découverte alors que, de mon côté, je lui offrais un visage fermé. Je ne pouvais m'en défendre ; je m'en mordais déjà les doigts : mon sourire était de plus en plus niais. C'est elle qui, comme je m'apprêtais à parler sans la moindre idée de ce que je dirais (mais il me fallait en finir avec mon indignité), c'est elle qui eut le courage de m'adresser la parole, le visage si tendu qu'on voyait, sous l'effet de la colère, saillir les délicats tendons du menton :

— Que me voulez-vous ?

Et elle se mit à sourire, rougit un peu, dissipa toute sévérité par la douceur avec laquelle elle prononçait ces mots.

— Vous êtes là, lui dis-je après un long temps de silence pendant lequel je parcourus du regard la place vide où le soleil — réapparu avec la soudaineté qu'il a dans les ciels du Nord et qui n'était pas pour rien, cette année-là, dans ma recherche quasi maladive de la pénombre des églises — faisait briller les petits pavés de granit.

Quand je fus à nouveau capable de la regarder, elle s'était éloignée, me tournait presque le dos, avait descendu les marches du parvis. J'en aurais pleuré de dépit. Je voulais dire quelque chose, me rattraper, m'assurer que je la reverrais. J'avais perdu toute superbe et découvert mon trop jeune âge. Je ne réussis qu'à murmurer ceci : « Vous ai-je blessée ? », mais si faiblement, si piteusement qu'elle ne m'entendit sans doute pas. Elle haussa les épaules, eut cette sorte de sourire énigmatique qu'on n'adresse qu'à soi-même et s'en alla.

Je retournai tous les jours à Saint-Martin. Elle ne vint pas. Je n'en éprouvais nulle contrariété, nulle déception, comme si j'avais, humble et calme, la certitude que les choses n'en pouvaient rester là. Et le dimanche suivant, quand je l'aperçus à la sortie de la grand-messe à laquelle j'assistais par désœuvrement, mon cœur bondit. Je ne cherchai pas à l'aborder, ni à me faire voir, ni même à savoir si l'homme qui se tenait à ses côtés lui était lié en quelque façon : elle appartenait à la ville, dont je n'étais qu'un citoyen éphémère — et cela suffisait à établir entre nous une distance que je mettrais toutes mes forces à réduire. Il me plaisait de découvrir non pas un sens à ma vie mais une tâche opiniâtre et sans doute vaine. Moi qui avais jusque-là vécu dans l'insouciance, dans une légèreté libertine, je sentais qu'il me fallait me rendre digne de cette femme. J'avais une liaison avec une jeune femme du bureau : je rompis. Mon entreprise était absurde, je le savais ; je me persuadais pourtant que je n'agissais pas en vain.

Quelques jours plus tard, elle pénétra dans l'église comme à son habitude, d'un pas lent, presque solennel, s'assit assez loin devant moi, joignit les mains, garda la tête haute. Priait-elle ? Rien ne me permettait d'en douter ; mais j'eus la vanité de penser que ce n'était là qu'une manière de maintenir de la distance entre elle et moi. Non que j'aie mis en doute sa piété : je crois même qu'elle entrait pour une grande part dans ce qui m'attirait chez cette femme. C'était, au fond, ma propre attitude que je finissais par mettre en cause : avais-je le droit d'être là, d'attendre, de me réjouir qu'elle soit revenue ? Je quittai mon banc, me signai, restai sous le porche dans une froide lumière déclinante, en proie à un malaise que la soudaine proximité de la jeune femme ne dissipait pas. Je me retournai : elle s'éloignait ; ses chevilles semblaient se tordre sur les petits pavés ; puis elle revint sur ses pas.

— Me direz-vous ce que vous voulez ? me lança-t-elle.

Son visage avait quelque chose de dur ; ses yeux brillaient ; on la sentait au bord des larmes. En toute autre circonstance, je me serais montré cynique, ou j'aurais fait l'habile ; j'aurais tenté ma chance. Mais à la voir me faire face, frissonnante dans son imperméable clair, les mains enfoncées dans ses poches, je baissai la tête avant d'oser la regarder dans les yeux. Je murmurai ensuite, d'une voix très douce — et si calme qu'elle me parut révéler la niaiserie de mon âge —, que c'était elle que je voulais. Je rougis ; mais qu'aurais-je pu dire d'autre ? Et comme si j'avais été incapable d'en supporter davantage ou que j'eusse regretté mes paroles, je la quittai sans me retourner.

Mon travail au bureau m'empêcha, pendant toute une semaine, de retourner à Saint-Martin ; j'en étais presque heureux, certain d'avoir commis quelque chose d'irréparable ; et je n'eus d'autre souci que de me défaire d'un sentiment amoureux duquel — par faiblesse et par peur — je n'étais pas même certain. Mais le lundi suivant, j'avais oublié mes petites résolutions, ne songeais plus à son âge, à sa probable condition d'épouse, à la dureté de son visage. Je retournai dans l'église. Elle y était. Je m'assis non loin d'elle. Je la regardai. Elle ne priait plus. Elle se retourna vers moi, soutint mon regard, puis se leva. Je la suivis. Nous demeurâmes longtemps sous le porche à nous regarder sans rien dire. Cette fois, ce fut moi qui rompis le silence.

— Me pardonnez-vous ?

— Vous n'avez pas l'air de vous repentir vraiment...

J'étais stupéfait de la voir sourire avec tant d'indulgence. Elle prenait le dessus (d'ailleurs, n'étais-je pas, depuis le début, en position d'infériorité ?). Je ne cherchais pas à lutter : mon abandon était ma seule défense.

— Vous n'avez rien à attendre de moi, dit-elle avec force ; vous le savez, n'est-ce pas ?

Sans doute avait-elle raison ; je finis par lui

répondre que nous n'y pouvions rien, qu'il y avait déjà entre nous une manière d'histoire, ou de secret.

Elle rougit, rajusta son foulard, s'écria :

— Mais vous ne savez même pas qui je suis !

— Au moins je sais ce que j'éprouve...

Elle éclata d'un rire dont je ne la croyais pas capable, un rire un peu rauque et qui eût été vulgaire si on n'avait perçu dans son regard une sorte d'inquiétude, de gravité.

— Vous vous aveuglez : c'est votre audace que vous aimez, l'espèce de frisson qu'elle vous donne.

Son intelligence me déroutait, me forçait pour la première fois à me demander sans détour ce que j'éprouvais pour elle, en un mot si je l'aimais. Et j'étais si peu à même de répondre que je me contentai de murmurer :

— Me croyez-vous incapable d'aimer ?

— Je ne suis pas de ces femmes qu'on aime, qu'on aime comme ça...

— Et pourtant, si vous saviez comme je m'y suis préparé.

J'étais de plus en plus maladroit. Elle ne me quittait pas des yeux, semblait jubiler. Que faisait-elle là ? Pourquoi s'attardait-elle avec un type tel que moi ? Je voulus profiter de sa force, de sa magnanimité, et lui demandai, tandis que nous nous étions mis à marcher lentement, de me laisser la revoir. Elle haussa les épaules :

— Ne soyez pas futile.

Et elle me planta là. Je demeurai quelques instants sur la place déserte, balayée par un vent froid. Comment ne pas lui donner raison ? Elle était tellement plus mûre et (encore que je fusse incapable de m'expliquer cela) meilleure que moi ! Mais elle m'avait découvert son intelligence, ce qui était pour moi aussi précieux que si elle avait dénudé son buste. Oui, je l'aimais, ou croyais l'aimer, cela revenait à peu près au même, puisque je souffris, pendant une grande partie de l'hiver, de ne plus la retrouver à Saint-Martin. Je l'apercevais bien de temps à autre, le dimanche, à la grand-messe, en compagnie du même homme au front haut et au regard clair — l'un de ces hommes que l'on sent d'emblée si supérieurs à soi qu'on les chasse bientôt de son esprit. Il m'avait pourtant suffi de les voir ensemble pour me persuader que j'avais toutes mes chances : cet homme était trop loin, trop différent de moi ; et, non sans naïveté, je le jugeais aussi loin d'elle, du moins trop vieux.

Il m'arriva de les suivre jusqu'à la porte d'une des belles et austères demeures de la ville haute, près de la cathédrale. Je sentais que je m'égarais, qu'il me fallait un surcroît d'humilité, de patience. Qu'attendais-je, au juste ? J'aurais alors été incapable de le dire. Seule m'importait — de façon quasi superstitieuse — la pureté de mon attente, chaque fin d'après-midi, dans la pénombre froide de l'église où ne pénétraient pas les premiers souffles du printemps et où elle finit par retourner. Elle s'assit à ma hauteur, de l'autre côté de la travée centrale : je m'empressai de voir là un signe de paix. Peut-être me suis-je mis à prier, à balbutier du moins de reconnaissance. Le lendemain, je trouvai le courage de m'asseoir sur le même banc qu'elle et attendis qu'elle ait fini de se recueillir. Elle frissonna lorsque je chuchotai :

— Vous êtes revenue...

Je ne pouvais moi non plus me défendre d'un léger tremblement des lèvres. Je joignis les mains dans l'attitude de la prière. Elle s'agenouilla ; je l'imitai. Nous priâmes ensemble. J'étais heureux qu'elle me donne l'occasion de retrouver des gestes d'enfance.

— Au moins dites-moi votre nom, lui demandai-je un peu plus tard, lorsqu'elle fut debout.

Elle regarda autour d'elle, parut se débattre, puis se résigner :

— Pas ici.

Sous le porche, dans la lumière douce de l'après-midi, elle se tourna vers moi, vivement :

— Mais qu'attendez-vous de moi ?

— Vous le savez bien.

J'avais prononcé ces mots très doucement ; j'étais si pâle que je dus fermer les yeux et m'appuyer contre un pilier.

— Qu'avez-vous ? Répondez-moi ! Qu'avez-vous ?

Jamais elle n'avait été si près de moi. Je sentis sa main sur mon avant-bras. Je rouvris les yeux et souris :

— J'aimerais m'asseoir.

Nous marchâmes en silence jusqu'au petit banc qui surplombait la gare et les plaines et sur lequel j'avais tant rêvé aux invasions barbares. Il faisait doux. Je me disais que j'étais presque heureux.

— Qui êtes-vous ?

Elle avait demandé cela fermement, mais sa figure était empreinte de la plus grande douceur. Je lui dis mon nom et mon état. Je crus bon d'ajouter que ce n'étaient là ni un beau nom ni un métier noble. Elle ne répondit rien, ne semblait ni déçue ni étonnée — à moins qu'elle ne songeât à ce qu'elle dirait : elle n'avait jamais quitté Laon, où elle était née, était peu cultivée, avait été mariée très jeune à un médecin de la ville. Je lui demandai si elle était heureuse.

— Vous n'avez pas à le savoir. Laissez-moi ces pauvres secrets.

J'entrevis alors le mystère d'un petit drame provincial ; j'étais sur le point de la trouver pitoyable ; mais il me suffit de lever les yeux vers elle pour me sentir ridicule.

Nous nous retrouvâmes à peu près chaque jour, priant l'un à côté de l'autre avant de gagner non plus le banc que j'aimais tant mais, suivant son goût, les jardins suspendus de la ville, sur l'autre versant de la colline : l'ombre épaisse des marronniers, les parterres fleuris et les trous de lumière lui étaient plus agréables que la pierre grise du quartier de Saint-Martin. J'imagine aussi que ce lieu public la rassurait, qu'il lui paraissait plus naturel d'y être vue conversant avec un inconnu.

Nos conversations étaient entrecoupées de longs silences. Elle se montrait curieuse de tout ce qui se rapportait à moi, s'irritant de ce que je répondais si laconiquement puis paraissant trouver que le sujet n'en valait pas la peine. Parler d'elle lui était douloureux. Elle vivait dans le sacrifice de soi. Je l'admirais et m'étais mis à révérer jusqu'à son prénom, Marie-Thérèse, qu'elle trouvait aussi peu romanesque que le mien. Nous parlions de tout et de rien : c'était pour mieux nous avouer certaines vérités. Elle finit ainsi par me révéler que son mari la trompait depuis toujours, mais qu'elle n'en souffrait pas (elle en parlait sans ces sourires douloureux, propres aux femmes qui mentent). Je me sentais responsable d'elle, bien qu'elle fût plus âgée que moi, qu'elle fît souvent preuve d'ironie et me dît « mon ami » avec une grâce désuète.

Aux beaux jours, elle portait des toilettes claires et avait renoncé à son foulard. Jamais, m'avoua-t-elle, elle n'avait de la sorte mis son corps en valeur, ni laissé depuis son mariage ses cheveux flotter sur ses épaules. Que j'en sois venu à la désirer m'irritait ; j'aimais la simplicité, la légèreté de notre relation.

— Savez-vous que je vous aime ? lui répétais-je souvent.

— Oui, répondait-elle en riant, nous sommes amis ; et c'est en amis que le vieux curé de Saint-Martin nous bénit.

Je m'enhardis, un jour, déplorant devant elle qu'elle n'eût aucun désir de moi.

Elle sourit, posa un doigt sur ses lèvres et dit :

— Ne me parlez plus de ça. Je ne suis pas bégueule, ni aussi pieuse que vous le croyez : je prie aussi pour lutter contre l'ennui et la détresse. Mais je vous en supplie, ne m'en reparlez plus.

— Il le faudra bien, vous le savez depuis le début.

Elle eut un petit rire sec :

— Vous rêvez, mon ami. M'imaginez-vous vous retrouvant dans une chambre d'hôtel ? Comme vous seriez déçu ! Je porterais des mules, une robe de chambre en soie, vous haïriez cela...

— Qu'en savez-vous ?

— Mais si, vous me haïriez d'être ainsi, de n'être que ce que je suis : une provinciale un peu mûre, une bourgeoise.

Je ne répondis rien. Ce genre de conversation tournait immanquablement à mon désavantage. Marie-Thérèse me faisait sentir le privilège de l'âge, c'est-à-dire mon extrême jeunesse : devant elle, je n'étais qu'un trop jeune homme qui ne savait plus très bien se débrouiller d'une situation qu'il s'imaginait avoir provoquée. J'en montrais du dépit, de l'humeur. Je lui prenais alors le bras, dont j'aimais la chair lisse et ferme ; mais elle se dégageait aussitôt en murmurant invariablement :

— Vous êtes un enfant.

L'enfant avait des exigences d'homme, des prétentions d'amant. Je souffrais. Je le lui dis. Elle me regarda gravement avant de répondre qu'elle souffrait, elle aussi, mais que cette souffrance était le prix à payer pour notre amitié.

— Car vous voulez rester mon ami, non ?

Que pouvais-je dire, sinon que le désir que j'avais d'elle empoisonnait peu à peu cette amitié ? Ne l'avais-je pas, un jour qu'une pluie d'orage nous contraignit à rester longtemps debout sous un marronnier, serrée contre moi et embrassée au front puis sur les lèvres sans qu'elle s'en défendît, ni fît d'ailleurs preuve d'aucune ardeur ?

— Je vous veux et, en vous le disant, je vous ai peut-être déjà perdue.

— Vous ne me perdrez pas, me souffla-t-elle avec un regard de femme qui s'abandonne.

Elle me supplia de ne pas chercher à la revoir : ce serait elle qui reviendrait à moi. Et elle s'en alla en courant comme une jeune fille.

Je suis resté plusieurs semaines sans la revoir. J'avais cessé de fréquenter Saint-Martin. Le soir, lorsqu'il ne pleuvait pas, j'allais rêvasser sur mon banc, devant les plaines, ou bien je déambulais dans les quartiers pauvres de la ville basse. Mon exil à Laon touchait à sa fin. Aimais-je Marie-Thérèse ? M'aimait-elle ? Pourquoi m'abandonnait-elle ? Mon incapacité à répondre à ces questions, l'espèce de désarroi où me plongeait son absence et aussi un peu d'amour-propre me portaient à croire que je l'aimais ; à cela s'ajoutait sans doute le sourd, l'opiniâtre et vain désir de posséder une femme mûre. Blessée, ma vanité était à son comble ; mon ennui également. Je voulus m'étourdir. Je renouai avec ma jeune collègue de bureau. Tout me paraissait plus simple. Je ne cessais pourtant de guetter Marie-Thérèse dans les rues, les jardins publics, les églises, et passais souvent devant sa demeure. J'acquis peu à peu la certitude qu'elle ne pouvait pas ne pas nous avoir vus, ma compagne et moi, enlacés, affichant cette arrogance des très jeunes gens qui s'étreignent. Mais jamais nous n'allâmes à Saint-Martin, ni sur le petit banc.

On donna à Laon *Le Chevalier à la rose*. Le chant des femmes était alors une des rares choses dont j'acceptais qu'elles me tirent des larmes. J'allai seul au théâtre. À l'entracte, dans le grand hall, je croisai Marie-Thérèse et son mari. J'eus la grossièreté de ne saluer qu'elle. Elle eut un bref sourire, pâlit un peu, inclina la tête, passa. Cette rencontre, pour moi, ne pouvait être fortuite. Le lendemain, j'étais à Saint-Martin. Elle vint, s'assit près de moi.

— J'étais sûr que vous viendriez, murmurai-je.

Elle me regarda longuement avant de me dire, dans un souffle :

— Ne restons pas ici.

Nous marchâmes jusqu'à la promenade. J'étais heureux. Je le lui dis. Elle me prit le bras, marcha encore un peu avant de s'arrêter et de me demander :

— Pourquoi m'avez-vous abandonnée ?

Je souris ; j'étais sur le point de lui demander si elle ne se moquait pas ; elle reprit :

— Avez-vous donc si peu de patience !

Elle retrouvait tout son ascendant sur moi. Je baissai la tête.

— Parlez-moi d'elle, ajouta-t-elle avec une lenteur qui m'exaspéra.

J'eus, comme tant d'hommes qui souffrent, la faiblesse de vouloir la blesser en lui faisant l'éloge de la jeune femme avec qui j'avais renoué. Il s'était levé un petit vent frais qui lui ébouriffait les cheveux et dégageait son visage, le rendait à la fois austère et juvénile. Elle voulut que nous nous asseyions sur un banc, près d'une fontaine dont le bruit, naguère, nous avait souvent tenu lieu de paroles. Marie-Thérèse me regardait en souriant, sûre d'elle-même et de ce qui s'ensuivrait.

— Voulez-vous encore de moi, mon petit Octavian ?

Je la contemplais sans répondre, la bouche entrouverte, incapable de comprendre pourquoi elle m'appelait ainsi.

— Vous ne me répondez pas ?

— Vous vous moquez de moi !

— Décidément, vous ne comprenez rien aux femmes. Dans deux ou trois semaines, vous aurez quitté Laon pour n'y jamais revenir, n'est-ce pas ? Ne vaut-il pas mieux que notre histoire — vous l'avez nommée ainsi un jour — s'achève en comédie un peu triste mais douce ? Car nous sommes trop intimes pour marivauder, et pas assez proches pour nous déchirer...

J'avais renversé la tête vers la cime des arbres et regardais les nuages se défaire dans un ciel très bleu. Que pouvais-je répondre ? Je commençais à comprendre ses allusions au *Chevalier à la rose*, sa jalousie, sa magnanimité, son sens du sacrifice, la conscience qu'elle avait de son âge et de ses devoirs, mais je ne cherchais pas à aller plus loin, les choses me paraissant encore trop belles pour être vraies.

— Vous ne m'avez toujours pas répondu, reprit-elle.

Elle mettait à prononcer ces mots une gravité certaine. Je dus me tourner vers elle tout en fuyant son regard : une femme qui s'offre m'a toujours inspiré, je ne puis m'en défendre, une sorte de pitié, quel que soit le désir que j'ai d'elle. Mais s'offrait-elle vraiment ? Ne prétendait-elle pas se donner pour mieux se dérober et me montrer qu'il valait mieux que nous en restions là, ou que la suite des événements importait peu au regard de ce qui avait déjà eu lieu et qui, disait-elle (et à l'entendre j'aurais alors sangloté de reconnaissance), avait bouleversé son existence ?

— Vous savez bien ce que je veux, ai-je fini par murmurer, vous l'avez toujours su.

Je me sentis rougir : il y avait dans le ton de ma voix quelque chose d'excessivement solennel et d'un peu niais.

— Je me donnerai à vous, dit-elle, soudain rêveuse, d'une manière qui vous étonnera, vous décevra sans doute. Mais c'est la seule qui me soit possible.

Et nous restâmes longtemps, côte à côte, sans rien dire, nous caressant la main, regardant le ciel, écoutant les rumeurs de la ville basse.

Quelques jours plus tard, à la fin d'une après-midi pluvieuse, je franchissais la porte du meilleur hôtel de Laon. Je me sentais misérable, comme à chaque fois que je pénètre seul dans un lieu public. Que tout eût été décidé sans moi me déplaisait. Je donnai mon nom au réceptionniste, qui me dit, d'un air froid, qu'on m'attendait là-haut. La chambre était déserte, le lit défait. On y respirait un parfum féminin que je ne reconnus pas. Dans la salle de bains, qui avait servi, il y avait de la buée sur les glaces. Sur une commode, appuyée contre un vase rempli de fleurs séchées, je vis une lettre. Je la lus, debout près de la vitre sur laquelle ruisselait une pluie de printemps. Marie-Thérèse, dans un langage qui me parut d'abord extravagant et détestable, me suppliait de lui obéir, de me dévêtir, de me glisser dans le lit, de fermer les yeux, d'attendre. Je le fis. Je retrouvai dans le lit l'empreinte encore tiède de son corps. Je ne pus me défendre d'un bref plaisir solitaire. J'avais envie de rire. Je murmurai quelques mots. Je me sentais comme un lycéen en bonne fortune. J'imaginais Marie-Thérèse tout près, contre la porte de la chambre voisine, prête à entrer, nue, en soulevant le lourd rideau de velours bleu. La chambre s'assombrissait. Je dormis un peu. Au réveil, je me souvins brusquement de quelques paroles de Marie-Thérèse, paroles anciennes, de celles qui sur le moment m'irritaient ou me demeuraient étranges et qu'avec un bonheur rétrospectif je sentais de nouveau bruire en moi, de façon étonnante et lumineuse — et celles-là me firent pleurer comme un enfant : « Il est trop tard, mon ami, ne nous mentons pas, il a toujours été trop tard... »

Les grâces

Elles auraient toutes trois pu être ma mère. Quant à Thérèse chez qui j'étais venu pour les vacances, à Siom, elle était une cousine de ma mère et elle vivait depuis une décennie dans cette campagne froide, propice aux songes désolés comme aux extrêmes ferveurs, où elle était née et où elle était revenue avec un mari déclinant, bientôt trépassé, à la mémoire de qui elle vouait un culte raisonnable : une tombe simple débarrassée de sa mousse une fois l'an, tout comme de leur poussière un groupe de photos sous verre où souriait le défunt en divers uniformes, et quelques larmes vite ravalées avec un bref sourire. Thérèse avait retrouvé l'accent et les manières d'autrefois, vivant à près de cinquante ans comme elle n'avait jamais pu le faire jeune fille, libre et paresseuse, le verbe franc, avec néanmoins des accès de mélancolie dont elle sortait, disait-elle, comme d'une eau sale. Elle avait encore un beau visage étroit et lisse de petite brune maigre, auquel elle semblait avoir sacrifié son corps, n'aimant plus que la conversation, la table, la chasteté et la littérature.

J'avais depuis peu renoué avec cette branche de ma famille et ces terres froides ; et j'aimais venir oublier Paris dans cette demeure profonde, bâtie sur les hauteurs de Siom, et meublée sans vrai goût, comme si l'austérité de cette lignée de marchands de bestiaux et d'édiles avait pesé sur la grâce des nymphes en bronze clair, les fleurs de verre, les lustres tourmentés comme de mauvais soleils, et ces commodes lourdes, ces chaises aux pieds trop élégants pour ces hommes qui continuaient de traîner autour d'eux une odeur d'étable et de foirail, tandis que la demeure s'enfonçait dans la nuit provinciale et que le temps, le vrai, celui d'autrefois et de la réussite, avait cessé de battre ou battait autrement depuis que le fondateur était mort ; si bien qu'on pouvait croire atteinte l'éternité, malgré les mauvaises affaires et les faillites, et qu'il ne restait à Thérèse, pour continuer à nourrir le mythe, que l'entretien de ces grandes pièces pleines d'ombre dont seules trois ou quatre étaient encore époussetées, cirées, aérées par une jeune femme de ménage à qui Thérèse croyait devoir s'adresser avec hauteur.

Elle se croyait également obligée de me parler de mes livres et de l'héritier que je serais, un jour. Je la lançais alors sur Giraudoux, dont les livres l'émerveillèrent tant, jeune fille, du vivant même de l'auteur, qu'elle décréta inutile toute autre lecture et ne rêva plus, comme bien d'autres jeunes Limousines, que de rencontrer l'auteur d'*Intermezzo*, à qui elle n'osa cependant écrire. J'aimais par-dessus tout l'écouter parler d'elle, quelque dégoût qu'elle en eût ou feignît d'y trouver, ne me livrant de sa vie que les épisodes officiels, son mariage avec un camarade d'école qui la promena dans toutes les provinces au gré de mutations administratives, et tournant en dérision le reste, la perte d'un enfant en bas âge, celle de ses parents, les faillites, la mort de l'époux, des amours impossibles avec un musicien de Brive. Elle parlait d'abondance, par phrases décousues, et trop légèrement pour rien dire qui puisse blesser, riant très fort et me demandant de la faire rire ; mais je n'ai jamais bien su rire, encore moins amuser ; alors je parlais de moi, simplement, sans retenue, jusqu'au cœur de la nuit, parmi des odeurs de tisane, d'alcools forts, de feu humide et de tabac, l'œil errant sur des tapisseries aux couleurs passées ou se perdant dans les fenêtres obscures du salon. Je racontais mes amours, leurs extravagances, leurs ridicules, leurs flamboiements, leur vanité ; et Thérèse riait : elle avait trop souffert pour se plier encore à la douleur et ne pas considérer d'un œil simple, voire naïf, enfantin, les relations entre les êtres, niant les joies du corps, que je revendiquais comme les seules qui vaillent parce que moins décevantes qu'idylles et passions, mais qu'elle, Thérèse, jugeait seulement agréables, c'est-à-dire ineptes.

Je parlais haut et fort, retrouvant l'accent et les tournures de mon enfance, grâce à quoi je me mettais à nu sans fausse pudeur, n'ayant jamais su parler de moi, surtout devant une femme, qu'en me montrant tout entier, même si mes propos paraissaient excessifs à Thérèse, dont le rire généreux me signalait que j'allais trop loin, ou pas assez, ou que je devenais incrédible. Je baissais en souriant la tête vers une table basse en marbre clair pour faire tomber dans un éléphant de cristal la cendre de ma cigarette, me recueillais un instant, puis éclatais à mon tour d'un rire un peu forcé qui, relançant celui de Thérèse, me permettait d'aller plus avant dans mes confidences ; je regrettais d'autant plus le pathos que j'y avais mis que là, sur le haut plateau limousin, les peines de cœur doivent passer sans bruit, comme les fièvres, les saisons, ou les anges.

Ma condition de citadin autorisait ces écarts, vite pardonnés puisque j'étais moi aussi natif de Siom, sur le bord extrême du plateau, où les vents tourbillonnent trop fort pour qu'il n'en soit pas resté de froides escarbilles dans mon esprit, comme en celui de mon père, dont on disait à Siom qu'il avait vécu toujours en l'air, la patte levée, la narine au vent : filiation dont je n'étais pas peu fier et qui constituait le legs unique, avec une ferme à demi abandonnée, de cet homme qui, très jeune, était allé chercher, outre-mer, des os à ronger plus durs que des cœurs de femmes.

Thérèse avait coutume, depuis qu'elle était veuve, de réunir quelques amies d'enfance en compagnie desquelles elle évoquait les adolescentes qu'elles furent, et qu'elle faisait dialoguer, le plus cocassement du monde, avec toutes sortes de défunts. Renée, Henriette, Anne-Marie : de celles-ci, Thérèse m'avait souvent parlé, avec une tendresse sévère et une profusion de détails dont elle se reprochait de m'importuner (et elle disait cela les yeux brillants, sûre de flatter mon goût des banales existences de province, heureuse aussi de détourner de sa seule personne une curiosité qu'elle sentait trop en éveil) ; et je rêvais à ces adolescentes qui avaient traversé le temps avec des sourires d'anges exilés, des rires frais, des empourprements calculés, des poses pensives ou sportives, comme on devait dire en ce temps-là, sur des murets de granit, au bord d'eaux calmes, dans l'ombre bleue de tonnelles ou de charmilles, sachant tout et joliment ignorantes, excepté de leur beauté au regard alangui pour la photographie, et promptes à déceler dans l'amoureux timide un potentiel mari.

Elles le trouvèrent toutes, sauf Henriette dont Thérèse m'avait conté les amours déçues avec un marchand de vins de Libourne, trop beau et volage. Elle fut la première que je rencontrai. J'aimai son regard franc que son sourire semblait voiler un peu, et sa ferme poignée de main par quoi elle tentait de faire oublier une féminité aussi généreuse qu'inemployée.

— J'ai beaucoup entendu parler de vous, me dit-elle. J'ai même...

Elle ne continua pas. Je lui souris, me montrai presque familier, lui serrai le coude, la pressai de poursuivre. Elle rougit. Je me trouvai détestable.

— Thérèse m'a fait lire votre dernier ouvrage. Vous y parlez fort bien de notre région.

Elle me regardait maintenant à la dérobée. J'étais aussi mal à l'aise qu'elle. Je m'inclinai, et parlai d'autre chose, tout en regardant sa poitrine se soulever lourdement dans un corsage de soie grenat ; j'en oubliai ses rides, ses bras un peu flasques, ses lunettes trop élégantes pour ne pas m'agacer, tous ces attributs de femme qui, à l'approche de la soixantaine, n'a pas renoncé à plaire.

— Nous verrons-nous au Vieux Castel ? me demanda-t-elle, avec un coup d'œil inquiet à Thérèse.

— Ce jeune homme ne me refuse rien, répondit Thérèse, qui me laissa coi devant son plus beau sourire, une main chargée de bagues posée sur mon avant-bras en signe d'invitation au silence, ou de possession, et mesurant Henriette du regard.

Je n'avais pas cessé de sourire, les yeux clos

à demi, irrité autant qu'amusé du pouvoir que Thérèse prétendait avoir pris sur moi ; ce qui ne m'empêcha pas de dire à Henriette combien j'aimais son prénom, celui de Mme de Mortsauf et de la sœur de Renan, prénom que je voyais blanc, pur, très frais, comme un frémissement d'ombrelles au printemps ou du linge séchant en plein air. Henriette baissa les yeux puis éclata d'un rire très sonore.

Le lendemain, sur le seuil, j'accueillis Henriette et leurs autres amies. Elles avaient toutes trois été amenées par le mari de Renée, un homme gris, épais, buté, qui ne me quittait pas du regard et m'exaspéra, m'empêchant d'être moi-même, c'est-à-dire affable et ténébreux avec les nouvelles venues, qui, d'emblée, m'intriguèrent et me séduisirent. Très mince, cachant une peau flétrie et trop bronzée sous de clairs foulards, Renée avait des cheveux courts, d'un roux excessif qui flambait dans le soleil de midi ; elle se tenait droite, serrait son sac contre une poitrine assez plate, embarrassée par la mauvaise grâce de son mari. Je l'aimai pour sa bouche épaisse, aux lèvres bien dessinées, presque vulgaires ; et le léger duvet qui les surmontait et que soulignait une lumière trop vive me touchait comme il l'aurait fait chez une adolescente. Quant à Anne-Marie, elle me déplut d'abord, parce qu'en pantalon ; elle mettait cependant à rire et à me prendre le bras une liberté, une douceur si naturelles que je ne tardai pas à me montrer empressé, surtout depuis que j'avais remarqué ses pieds et ses mains, extraordinairement fins, aux ongles vernis d'un beau rouge sang. Le mari nous laissa, sans m'avoir salué. J'eus le désir de l'humilier. À Siom, les mâles m'ont souvent craint ou détesté, quelque insignifiant que je sois, pour ce qu'avait été mon père, et pour les rires qu'il tirait des femmes.

L'arrogance du mari, je la retrouvai chez le maître d'hôtel et le jeune serveur du Vieux Castel, une hôtellerie prétentieuse installée dans un ancien moulin, du côté des Buiges : des hommes d'égale laideur, aux gestes compassés ou maladroits, avec sur les joues cette rougeur paysanne que nul baume, nul séjour en ville n'avait effacée, et qui virent en moi, entouré de ces femmes mûres et gaies, un bien complaisant neveu ; de quoi je tirai une fierté de débauché qui me mit à mon aise et me permit de soutenir le regard du maître d'hôtel, lequel, comme moi, n'avait pas quarante ans mais une vraie bedaine et une calvitie presque parfaite, tout de même que je soutenais le regard à présent craintif du serveur aux cheveux roux, aux mains marbrées de rouge, aux épaules tombantes. Du coup, je me sentis chez moi, dans cette salle aux poutres apparentes, aux lourdes cheminées, au faux Louis XIII et tout le mauvais goût d'un nid d'adultères provinciaux. On nous plaça dans le coin le plus éloigné, à une table ronde : j'avais, à mes côtés, Henriette et Renée ; entre Thérèse et Anne-Marie, j'apercevais, par la fenêtre, le clocher de l'église, le fronton de la mairie avec son horloge définitivement arrêtée sur trois heures moins le quart, de grands sapins que le vent commençait à remuer et les nuages qui s'amoncelaient, là-bas, du côté de Gentioux et de Faux-la-Montagne. Nul ne disait plus rien, chacun faisant peut-être sur soi un silencieux effort avant de se jeter dans une conversation dont je savais que je ferais les frais. Thérèse commanda une bouteille de chiroubles ; elle me le fit goûter : je le trouvai trop froid, et plat, mais le renvoyer eût été une épreuve que je n'avais pas envie de supporter. Les femmes, Thérèse exceptée, prétendaient ne rien boire ; je les invitai à se faire au moins la bouche, ce qui leur donna vite, comme on dit ici, la crête rouge, déliant les langues.

À Thérèse, qui venait de dire que ma notoriété d'écrivain rejaillissait sur toute la famille — et particulièrement sur la branche la plus éprouvée, quasi déchue et pauvre —, je répondis que la gloire n'est rien, que la déchéance a plus de saveur et que cela, elle le savait bien, elle, tout comme ses amies qui toutes avaient renoncé à comprendre le monde et n'avaient d'autre souci, semblait-il, que de décliner en paix dans des plaisirs tempérés. Je n'avais, on le voit, que peu à faire pour séduire : il me suffisait de choquer avec douceur, d'avoir des phrases à demi obscures et de regarder ces femmes dans les yeux. Henriette rougit, malaxa de la mie et dit en s'éclaircissant la voix :

— Décidément, les écrivains ne sont pas comme tout le monde.

— Songez aux escargots, aux limaces : ça bave, ça sécrète lentement, ça travaille dans une espèce de nuit humide, presque féminine, ça a quelque chose d'immonde et de beau, oui, avec ces traces irisées. Un écrivain n'est guère différent…

J'étais excessif, mais pas insincère. On aima ces propos, qu'on n'avait sans doute pas bien saisis ; on voulut des anecdotes sur des écrivains célèbres que j'avais dit connaître. Je fis l'enfant, refusai de rien dire avant le dessert, les assurant que ces anecdotes ne valaient certainement pas celles que toutes quatre pourraient conter. Thérèse ne laissait jamais mon verre vide ; je mangeais peu et dis toute ma haine de la cuisine à la graisse d'oie, des confits et très précisément du mot magret, dont les sonorités m'irritaient comme un visage béat de jeune mère ou une ritournelle idiote. Et l'on riait, se donnait de petites tapes sur les mains et les avant-bras, étouffait un cri derrière une serviette, allumait une cigarette qu'on éteignait aussitôt. La conversation tomba sur les maris. Henriette voulut savoir si j'étais marié. Je clamai mon horreur de ces liens. Anne-Marie eut l'audace bête des victimes :

— Et pourquoi donc ? Redoutez-vous d'être cocu ?

— Pas vous, madame ?

Elle pâlit, ses yeux brillèrent, sa tête s'inclina un peu sur l'épaule de Renée, qui éclata de rire.

— Savez-vous, me dit Renée, qu'à la Toussaint j'ai couché dans vos draps ?

Je lui demandai si elle s'y était plu. Elle

posa le menton sur le dos de sa main, battit des paupières ; et je me serais mis à rire si elle n'avait murmuré d'une voix qu'elle rendait rauque à souhait :

— Le mieux du monde.

Thérèse feignit de s'offusquer qu'on puisse penser que ses draps servaient à tout le monde. Elle parlait peu ; mais nulle n'ouvrait la bouche sans paraître la consulter du regard. Pareil ascendant me la fit trouver plus belle encore dans ses vêtements sombres, presque sévères ; elle me sourit en avançant les lèvres comme pour un baiser ; mais ses yeux gardaient quelque chose de froid, de las, de résigné même à ce qui allait suivre et à quoi son sourire faisait mieux que de m'encourager : il m'y contraignait, me rappelait que tout doit se payer. Je feignais de ne rien comprendre.

Je pris une cigarette mentholée dans le paquet de Renée, qui me la retira des doigts, la porta à sa bouche, l'alluma, la glissa entre mes lèvres.

— Est-ce que tu sais, me dit Thérèse, que nous fêtons aujourd'hui l'anniversaire d'Henriette ? Seras-tu notre bon génie ?

Que répondre ? J'étais à moitié ivre. Je souriais avec une innocence de femme lasse.

Tout cela me semblait d'un mauvais goût subtil, m'exaspérait sans me déplaire vraiment. Renée baissait les yeux. Peut-être avait-elle envie de pleurer. Anne-Marie mit ses empourprements au compte de l'armagnac dont elle n'avait pas l'habitude. Quant à Henriette, elle feignait de s'intéresser encore au menu. Il me fallait parler, plaire, ou déplaire, ramener ces femmes à des sentiments raisonnables, me montrer cruel, les rappeler à elles-mêmes, à ces rives dont elles avaient déjà fait leur solitude. Je demandai des cafés. J'espérais gagner du temps, pouvoir me taire, et qu'on m'oublie un peu ; mais le regard de Thérèse me fit relever la tête, et je me mis à parler sans bien savoir de quoi, mais devinant qu'il me fallait parler des femmes, dire le goût que j'avais d'elles et que je les aimais toutes, quel que soit leur âge, pour un détail parfois infime ou secret qui les rendait désirables. Et je regardais Renée qui souriait à travers ses larmes. Thérèse me demanda d'être plus explicite.

— Mais, ma chère tante, tu sais bien ce que j'aime en toi ; le dire, ce serait, par exemple, t'arracher ton corsage...

— Donnez-nous un exemple, un seul, s'écria Henriette qui n'avait pas compris. À moi, à moi vous pouvez bien le dire.

— Eh bien, ce pourrait être le contraste entre votre virginal prénom et la plénitude de votre poitrine.

Elle rosit, ferma les yeux, puis sourit. Chacune sembla dès lors attendre quelque brève et heureuse vérité sur soi. Je me sentais las. Je me tus. Thérèse murmura que rien ne pressait. Les nuages couvraient à présent tout le ciel. On avait allumé les appliques dont la lumière trop jaune achevait de me désoler. Il ne tarda pas à pleuvoir. Je proposai que nous allions nous promener, malgré l'averse, au bord de la Vézère. On me rit au nez ; et Thérèse, soutenant que la pluie ne cesserait pas de sitôt, demanda des chambres où s'allonger quelque temps ; après tout, ajouta-t-elle en regardant ses amies, ce n'était pas un jour comme les autres.

Elle monta avec Anne-Marie. Dans le coude de l'escalier, elle se retourna, avec un sourire indécis, le front inquiet, la bouche pincée, comme si tout cela n'avait pas d'importance ou qu'au contraire elle m'eût supplié de ne pas manquer à je ne sais quelle promesse. J'étais ivre. Il me fallait m'allonger. Je le dis à Henriette et à Renée qui s'entretenaient à voix basse. Henriette me prit la main.

— Allons, mon petit ami, fit-elle en se levant, d'une voix un peu trop haute, venez vous reposer.

Je me levai et marchai tant bien que mal, précédé de Renée, qui s'arrêta, tournée vers nous, au bas de l'escalier, attendant peut-être pour monter le signe bref que lui adressa Henriette.

— Je vais la rejoindre, murmura-t-elle. Venez, je vous accompagne jusqu'à votre chambre.

Et elle me prit le bras. Le garçon débarrassait ; il avait l'air aussi las que moi ; il me regarda cette fois sans ironie ; je crus même trouver dans ses yeux une manière de compassion qui me donna envie de pleurer. Oui, j'aurais soudain voulu aller pleurer contre ce grand rouquin, si jeune et si laid, qui devait sentir la sueur, la lotion après-rasage à bon marché, la cigarette brune, l'huile de cuisine, et qui baissait à présent les yeux devant le maître d'hôtel, de la même façon que je le ferais bientôt, en m'engageant dans l'escalier, plus misérable que lui, et tout à fait ivre.

Henriette me fit entrer dans une chambre assez vaste. Les rideaux de satin vert ne laissaient passer qu'une pauvre lumière. Le lit était ouvert. Je me mis à trembler. J'avais envie de rendre. Henriette m'aida à m'asseoir, m'ôta mes chaussures, me demanda comment je me sentais. Je ris, puis me laissai aller à la renverse, les yeux fermés. On entendit, au loin, une sirène d'incendie. Je murmurai :

— Dieu que le son du cor est triste au fond des bois...

— Ne soyez pas bête, me souffla Henriette qui, assise au bord du lit, me caressait le front qu'elle venait d'essuyer avec son mouchoir.

Elle respirait très fort. J'entendais le bruit que faisait son soutien-gorge en se soulevant et en s'abaissant dans la soie de son chemisier. Les yeux toujours clos, je portai la main à ses seins ; leur poids m'émut ; je me redressai à demi. Henriette se pencha pour me demander, d'une voix étrangement basse, les yeux brillants :

— Vous voulez les voir ?

Elle avait à ce moment un sourire presque idiot de petite fille ; ses lèvres tremblèrent ; ses mains délivrèrent lentement deux seins épais et encore fermes que je caressai longtemps. Elle avait fermé les yeux. J'approchai ma bouche des mamelons ; elle enfouit ma figure dans cette belle chair avec des gémissements de jeune chienne ; puis elle se releva, se mit debout, se rhabilla sans un mot. Son visage tremblait : on aurait dit qu'elle souffrait et qu'elle était heureuse. Elle s'en alla doucement, après m'avoir baisé au front.

Je m'assoupis. Lorsque je m'éveillai, la pluie avait redoublé. J'étais soulagé d'entendre, comme autrefois, dans notre maison de Siom, la pluie d'automne battre l'ardoise du toit et les vitres, tandis que je lisais ou somnolais. Je n'étais pas seul dans la chambre ; assise dans un grand fauteuil couvert de tapisserie, Anne-Marie me regardait dormir et me dit, dès que je tournai la tête :

— Vous avez rendu Henriette heureuse. Que ferez-vous pour moi ?

Je me redressai sur un coude et bus un peu d'eau avant de répondre qu'elle pouvait bien faire de moi ce qu'elle voudrait. Autant j'avais regretté qu'Henriette m'eût quitté si vite, autant Anne-Marie continuait de m'agacer : elle avait des prétentions et une audace qui n'étaient plus de son âge, exigeant de fermer les volets, de laisser allumée la lampe de la salle de bains, que je prenne une douche devant elle, que je lui donne en somme du plaisir sans la toucher. Ses mains papillonnaient autour de mon visage, de mon cou, descendaient sur mes flancs, mon ventre, mon sexe, à la façon d'oiseaux dédaigneux. Mon peu d'ardeur était si manifeste qu'elle se mit soudain debout et, allumant une cigarette dont elle souffla la fumée entre des lèvres en cul de poule, déclara qu'elle avait quand même droit à quelque chose. Je l'aurais giflée si je n'avais été si pitoyablement nu. J'avais aussi bien envie de rire, et je ris lorsque Anne-Marie s'empara de mon sexe et exigea de le voir mieux roidi. Je voulais, moi, qu'elle se contente de ce qu'elle avait sous les doigts ; elle me mania, presque triste, sans y croire ni peut-être savoir ce qu'elle faisait et qu'elle accomplissait sans doute pour la première de sa vie, vieille fille maniaque et austère, et par là émouvante, avec ses yeux immenses et douloureux, son front plissé, ses joues fraîches, tout occupée d'un plaisir qu'elle n'avait fait qu'imaginer non pour elle-même, m'avouerait-elle, mais pour moi, dont ses longs doigts chargés de bagues ne purent toutefois rien tirer qu'une raideur qui la fit pleurer de dépit. Je pris sa tête et la plaquai contre mon épaule. Elle refusa que je la caresse ; rien d'autre ne l'intéressait que ma plus secrète blancheur, pas même ma bouche dont elle se détournait avec impatience. Nous fumâmes quelques cigarettes, allongés côte à côte, parlant de tout et de rien.

Ce fut elle qui, vers la fin de l'après-midi, introduisit Renée dans la chambre. Renée, la plus fanée, la plus maigre, la plus timide et dont l'artificielle rousseur aurait dû me faire fuir : elle restait le dos contre la porte en souriant, les yeux baissés. J'ouvris les volets ; il ne pleuvait plus ; le soleil du soir commençait à dissiper le brouillard ; l'eau s'égouttait lentement des branches et des toits. Je dis à Renée de venir voir comme la vallée était belle. J'oubliais que j'étais nu. Dès qu'elle fut près de moi j'entourai ses épaules de mon bras. Elle tremblait ; j'embrassai ses cheveux, ses tempes, ses paupières, lui demandai ensuite de me laisser baiser ses lèvres. J'aimais son regard clair et apaisé. Elle tira elle-même les rideaux. Ce geste me rendit confiance. Nous ne dîmes plus rien. Elle se laissa dévêtir lentement. Nous ne nous quittions pas du regard. Renée était une fausse maigre ; je le lui dis ; elle en sourit. Elle trembla un peu lorsque je la couchai sur le lit et que je caressai cette peau flétrie mais qui avait par endroits une douceur extraordinaire, et qui sentait bon. Je m'allongeai sur elle. Je songeai vaguement au visage de Thérèse. Une moissonneuse passa à grand bruit sous les fenêtres. Son feu clignotant emplit la chambre de lueurs orangées.

Noces à Liginiac

Muller haïssait son nom. Il lui semblait ne pas être tout à fait de Siom où il était pourtant né, comme sa mère et la mère de sa mère et tant d'autres femmes en sarraus sombres, et où tout le monde se rappelait son innocence. Il ne supportait plus, lorsqu'il revenait sur ces hautes terres qui n'avaient pas vraiment basculé dans le nouveau siècle, qu'on le hèle d'un « Alors, Muller ! » qui le renvoyait comme une gifle au silence grimaçant de son adolescence, désespéré de n'être que « le fils Muller », alors que le lignage maternel avait des noms sonores et magnifiques et plus proches de la terre, des ruisseaux et des vents que ce « Muller » qui l'avait si souvent fait traiter de Boche, à l'école, quand il n'était pas « Mon pauvre Muller », comme disaient les vieilles femmes en se plaignant devant lui de ce que la vie ne les avait pas épargnées ; ce qui le mettait au bord des larmes, comme si c'était lui qui était à plaindre et non ces vieilles dont la vie n'était déjà plus qu'un pauvre songe.

Il oubliait qu'à Siom on tient les égarements de l'esprit et les peines de cœur pour bien moins graves qu'une rage de dents. Et ses considérations sur la lointaine Moselle d'où son père était venu pour épouser sa mère sans qu'on sache comment ils s'étaient rencontrés ni s'il n'était pas tombé chez nous, cet étranger, comme la foudre ou une mauvaise maladie, ses considérations rencontraient le silence poli de ceux pour qui Limoges, Brive, Guéret ou Clermont étaient les bornes du monde connu. Ses efforts pour s'exprimer en patois n'avaient pas plus de succès : il mêlait à un occitan livresque des tournures et des vocables qu'on avait peine à reconnaître et qui lui valaient des réponses françaises de la part des rares vieillards à qui il faisait encore pitié : une pitié dont il tirait une manière d'orgueil — Muller étant de ces êtres qui, ne se résignant pas à être eux-mêmes, cherchent dans de lents renoncements et de douces déchéances de quoi conduire sûrement leur vie.

Ainsi il avait cru, pour avoir lu que l'exil, les souffrances cachées et l'exhibition des tares familiales étaient le lot des écrivains, qu'il pourrait être un romancier. Mais il n'avait écrit que des notes intimes dans lesquels il se mortifiait de ne rien trouver à dire d'autre que le temps qu'il faisait et celui qui passait, l'état de ses entrailles, ses rêves, ses lectures, les mille riens qui tissaient ses journées dans la petite gare berrichonne où l'avait affecté l'Administration des chemins de fer. Il ne comprenait pas que c'était de cette matière-là qu'il aurait pu tirer un livre. Il continuait à croire à des sentiments élevés, à des intrigues inouïes, faisant de l'originalité un dogme, aveugle aux ironies pourtant fertiles de sa vie, se voulant tout entier disponible à une Inspiration qu'il se faisait fort de mériter en vivant seul, uniquement soucieux de ses humeurs comme de dons des dieux, ne parvenant pas même à se trouver des larmes quand sa mère mourut et qu'il dut retourner à Siom pour les funérailles, nullement ému par cette cérémonie simple et brève dans le petit cimetière en pente où les murmures des femmes se mêlaient au bruit du vent dans les hêtres, au-dessus des tombes. Le père, un petit homme à moustache, sec et peu loquace, que Muller n'avait pas revu depuis bien des années et que beaucoup croyaient déjà sous terre, se contenta de lui serrer la main, maladroitement, après l'avoir regardé d'un air las et ennuyé, avec un mince sourire. La maison fut vendue. Dès lors Muller ne fut plus que ce « pauvre Muller », qui nous avait, ce jour-là, paru plus pitoyable, plus seul que jamais, et que nous ne revîmes plus à Siom, si bien que nous finîmes par l'imaginer errant par tout le pays et bien plus loin encore, sous des soleils plus cruels que des jaguars ou que des nègres, dans des contrées dont nul n'avait idée, avant de songer à lui comme s'il n'était plus de ce monde.

Il ne voyagea pas, ne connut d'autre mélancolie que celle des petites gares aux crépis ocre dans lesquelles venaient l'aimer les mêmes femmes mûres, souvent tristes, maladives ou veuves, pour qui c'était l'unique et parfois ultime recours ; car il n'est, elles le savaient aussi bien que lui, de voyage qu'intérieur, et que de faux départs, des résignations au temps qui passe et aux modifications que ce temps inflige aux visages, aux mains, au ventre, à la voix. Il aima les aubes pluvieuses, les étés brefs, les alcools blancs, les livres ambitieux qu'il ne faisait que feuilleter, les seins épais et les confidences des femmes en quoi il voyait, non sans raison, les plus beaux romans — ceux que nulle littérature n'avait su vraiment recueillir et que lui-même avait tôt fait de renoncer à consigner dans ses carnets, ne s'en trouvant ni capable ni digne, renonçant même à tenir ces journaux où il faisait si piètre figure. Ces femmes, il les aimait comme il avait aimé sa mère, d'un amour qui allait de soi, qui exigeait peu de lui, et qui valait pour toutes ; ainsi passaient-elles dans sa vie, ses nuits, ses petits matins, furtives et déjà lointaines, sans qu'il cherchât à les conduire au grand jour, préférant qu'elles le tiennent éveillé jusqu'à l'aube, après l'étreinte, par leurs confessions qui toutes se ressemblaient, à peu de chose près, et dont il aurait pu scander les rêves déchus, dérisoires, enfouis dans des cœurs abîmés, des regards noyés, des boues qui ressemblaient à du sang, des terres trop lourdes pour qu'ils les remuent ensemble mais qu'il fallait contempler sans dégoût parce que c'était encore une manière de croire à l'éternité.

Qu'il eût naguère songé à écrire lui valait auprès de ces amantes une espèce de gloire dans laquelle elles baignaient leur visage de la même façon qu'elles s'abandonnaient à sa sueur, à sa salive, à sa semence, à ses larmes. Il s'inventa une enfance plus paysanne, violente et difficile qu'elle ne fut, dans un village encore plus rude que Siom, et glorifia son père d'une fin mémorable dans un régiment d'Indochine : à quoi sa mère avait survécu, dans une dignité souriante, comme la plupart des femmes du haut plateau limousin, que la Grande Guerre avait figées dans le souvenir comme dans les rites d'un ordre sévère. Il prétendait avoir renoncé à un destin de domestique de ferme, là-haut, dans les grands vents et les tourbières, pour complaire au maître d'école qui le trouvait doué et qui l'accompagna dans un collège de Meymac et d'Égletons, ou plus loin encore, vers les collines de Tulle ou les falaises de Bort-les-Orgues, pour lui faire passer examens et concours, contrariant par l'exercice des mathématiques un goût trop vif des Lettres, et l'aider à mieux concevoir que l'art n'est pas une longue rêverie ni la jouissance impunie d'un don, mais l'apprentissage d'une difficile ferveur. Il disait aussi avoir écrit plusieurs livres, aussitôt brûlés au fond de jardins étroits, entre les cabinets et la lampisterie, devant un maigre massif de buis ou des rosiers chétifs : livres qu'il évoquait avec une précision si grande que ses sombres amantes en parlaient comme si elles les avaient lus, et qu'ils devenaient pour Muller de grands miroirs dont il inventait à mesure le tain et les infinies variantes dans leurs confessions, mais dont l'authenticité était indiscutable et les versions si peu différentes ou contradictoires, se nourrissant même de leurs silences, qu'elles y gagnaient en force et en séduction : ils finissaient par en pleurer, elles et lui, s'émouvant toujours mieux dans la pénombre de chambres au papier fané, quasi anonyme, mais qui convenait à merveille aux murmures nocturnes de femmes nues et lasses ; elles sanglotaient dans ses bras, s'étonnant de trouver si profond, si beau, si bouleversant cela même dont elles venaient se délivrer, tout comme leurs longs râles avaient éloigné un peu leur douleur de n'avoir pas de plus beau corps à lui offrir ni de visage plus jeune. L'aube les trouvait exténués, les yeux humides, heureux de mettre fin à un récit dont ni elles ni lui n'auraient supporté davantage les effets de vérité, ou d'une proximité si aveuglante qu'elle les faisait enfin basculer dans le sommeil. C'était à leur réveil qu'il aimait boire ses liqueurs pâles, ses blanches eaux-de-vie, fumer ses cigarettes au tabac de

Virginie, surtout quand il pleuvait et que le ciel, ils le devinaient, garderait tout le jour un peu de la grisaille nocturne. Les femmes le regardaient en silence dans le lit défait, presque ivre, le traitant d'enfant gâté tandis qu'il faisait perler quelques gouttes d'alcool sur leur ventre, au creux du nombril ou au bout de leurs seins qu'il nettoyait de sa langue avec un sérieux qui les faisait se renverser une dernière fois dans ses bras.

À quarante ans, il était maître d'une histoire sans fin, banale, émouvante, dans laquelle il déplorait d'avoir mis si peu de lui-même — de sa vraie vie, s'entend, comme s'il y avait une autre vie et que son histoire à lui différât de celle de ses amantes. Il regrettait qu'elle n'ait pas plus d'éclat, de fureur, d'extravagance, et que la littérature, comme il disait, ne soit que ce murmure au bas de nuits dans lesquelles il creusait une fosse plus noire que celle où reposait sa mère. Les aubes l'effrayèrent ; les nuits le laissèrent sans voix ; ses compagnes se firent plus discrètes, puis rares. Il rêvassait. L'âge l'inquiétait. Il eut peur de mourir seul. Il songeait à la grande lumière de l'enfance, aux rires des femmes au lavoir, aux couleurs que prenait le vitrail pendant la messe, aux fleurs de genêts qu'il coupait sur la lande. Il se rappela sa mère, son petit corps délié, son sourire, ses longues mains douces qui savaient si bien détourner son visage de ses peurs d'enfant, et son regard, lumineux jusque dans la maladie ; il la pleura enfin, puis pleura sur lui-même. Il s'ennuya, revint à Siom à la fin d'un été qui, disait-il, lui avait brûlé l'âme. Il était descendu à l'hôtel du Lac. Il y retrouva une jeune femme qu'il avait autrefois aimée comme une sœur, peut-être désirée, puis oubliée. À présent Michèle avait trente-deux ans ; elle était restée farouche et résignée, et portait sur le monde un regard sans pitié. Ils errèrent en voiture dans les environs de Siom. Tout paraissait plus grand, ou plus petit, ou désolé ; des pâturages immenses étaient maintenant plantés de sombres rangs de sapins ; des masses de ronces et d'orties défendaient les pierres de seuil ; l'église menaçait de s'écrouler ; un notaire de Vierzon avait racheté la maison natale devant laquelle il avait fait creuser un étang, planter des saules et des peupliers : quelques daims paissaient là, à demi sauvages. Muller s'étonna de ne pas se sentir plus navré, et quand Michèle lui fit remarquer les volets trop blancs, l'auvent couvert de chaume, la margelle en fer forgé d'un faux puits et la girouette dorée sur la cheminée, ils se mirent à rire.

Près du hameau de La Gane, avant de s'enfoncer sous les hêtres, il demanda ce qu'était devenue Delphine, vaguement aimée à vingt ans et dont il ne se rappelait plus le patronyme.

— Mais tu ne sais donc plus rien ! dit Michèle. Sa grand-mère est morte, son père aussi, tu t'en souviens, le cantonnier. Sa mère est bien malade. Delphine vit seule, dans la maison maternelle là-haut, à Liginiac, avec son fils. Ils ne font rien.

Si Delphine le reconnut, elle n'en montra d'abord rien ; elle regardait Muller avec une indifférence presque triste, les bras croisés sur une blouse de travail bleu clair. Elle restait blanche et mince mais ses grands yeux noirs paraissaient plus sombres, cernés de teintes brunes ; ses cheveux étaient tirés en arrière et sa bouche, assez pâle, montrait par instants des dents un peu jaunies par le tabac. Il y avait de la lassitude et de la crainte dans sa façon de se mouvoir dans la cuisine où ils se tenaient tous debout, Delphine n'ayant pas prononcé le rituel « Finissez d'entrer », peut-être à cause du grand jeune homme qui, blême et maigre au fond de la cuisine, regardait Michèle et Muller avec hostilité. On finit par s'asseoir sur des bancs, autour d'une longue table ; la nappe de toile cirée était fraîche sous les doigts ; on sentait là comme dans toute la pièce et sur la personne de la mère et du fils un souci extrême, presque maniaque, de propreté. Un peu partout, jusque dans les coins les plus obscurs, s'entassaient des livres. Delphine, qui servait du vin rouge dans des verres à moutarde, surprit le regard de Muller.

— J'ai toujours aimé lire, tu te rappelles ? Je lis toute la journée…

Elle parlait vite et bas, sur un ton monocorde, avec un pauvre sourire, mais sans s'apitoyer, regardant Muller avec une sorte de joie que tempérait la présence taciturne du fils. Michèle les laissa. Ils parlèrent jusqu'à la nuit. Tous trois étaient ivres. Michèle revint le chercher. Ils se quittèrent sans se regarder. En arrivant à Siom, Muller pleurait.

Il s'en alla dès le lendemain, par le premier train. Il revint pour la Toussaint, remonta à Liginiac, accompagna Delphine sur la tombe de sa grand-mère et de son père. Il tombait depuis l'aube un crachin qui semblait épaissir le brouillard. Il entra dans le cimetière avec un pot d'énormes chrysanthèmes dont les pétales mouillés lui chatouillaient le menton. Delphine et son fils marchaient derrière lui. Des gens, occupés à gratter des pierres tombales, relevaient la tête, les suivaient un instant du regard, puis haussaient les épaules. Il déposa les chrysanthèmes sur le rebord d'une tombe modeste, sans dalle, couverte d'un gravillon noir que Delphine s'employa à nettoyer des mauvaises herbes, redressant de vieux vases, de petites plaques funéraires, des couronnes en faïence, toutes ébréchées ou fendues. Il était près de midi ; le soleil creva les nuages, illuminant le cimetière, les chrysanthèmes, les œillets, les roses, les pierres de granit poli, les fichus clairs des femmes. Muller prit la main de Delphine et la serra vivement ; il murmura qu'il avait eu raison de revenir, que c'était là ce qu'il avait vu de plus beau, que c'était même trop beau, que les morts leur parlaient, veillaient sur eux, leur pardonnaient, que vivre était l'unique devoir de ceux qui restaient. Ils demeurèrent longtemps parmi les tombes.

À Siom, Jeanne Berthe-Dieu fut la première à apprendre qu'il épouserait Delphine. Le matin, on avait vu entrer à l'hôtel un grand jeune homme maigre et dégingandé, avec dans les yeux des sortes de larmes sèches, qui demandait à parler à Muller. Jeanne Berthe-Dieu monta le chercher avec des précautions de bedeau puis les laissa tous deux, sans qu'ils se soient parlé, à la grande table d'hôte dont une extrémité était encombrée de bouteilles de gentiane et de pastis près desquelles dormait un vieux chat jaune. On dit qu'ils restèrent longtemps là, sans ouvrir la bouche, ni se regarder. Muller ne cessait de sourire ; l'autre baissait la tête ; il ne la releva que quand Muller lui demanda comment allait sa mère. Le jeune homme rougit violemment, passa ses doigts dans ses cheveux en bataille, bredouillant :

— C'est vrai que vous allez épouser maman ?

Dans sa bouche, épouser avait quelque chose d'étrange : on eût dit qu'il le prononçait pour la première fois ou que c'était un mot obscène. Muller continuait à sourire tout en regardant, à travers les petits carreaux de la porte, le fût étroit du monument aux morts sur lequel brillait une plaque de marbre gris foncé. Des hommes étaient entrés dans la salle, s'étaient assis à une petite table, dans un coin, sans rien dire, comme s'ils avaient l'habitude de se retrouver là pour se taire, regarder devant eux et laisser le temps passer.

Le jeune homme buvait à présent coup sur coup, s'enhardissait, dévisageait Muller avec l'arrogance de ceux qui se savent défaits.

— Est-ce que vous êtes mon père ? finit-il par demander.

Muller savait qu'il ne pouvait pas l'être, sa liaison avec Delphine n'ayant été, autrefois, qu'une de ces amours sur quoi s'achève l'adolescence. Mais beaucoup le disaient le père du jeune homme et paraissaient attendre qu'il le reconnût — le jeune homme aussi, qui le contemplait maintenant les yeux et la bouche grands ouverts, trop ivre pour parler. Muller tourna la tête vers les buveurs, à qui venaient de se joindre d'autres Siomois. Il se sentait las. Les mouches se posaient sans qu'il les chassât sur sa main, bien à plat sur la toile cirée, parmi des gouttes de gentiane et de la cendre de cigarette. Le jeune homme se leva, la main soudain menaçante et folle ; il tituba un instant, puis retomba sur la chaise en sanglotant. Muller comprenait qu'il finirait par dire que c'était là son fils, que cela ne changerait pas grand-chose, qu'après tout il aurait aussi bien pu l'être et le serait plus sûrement que l'inconnu dont Delphine avait toujours refusé de livrer le nom, et que cette manière d'aveu public donnerait à sa vie un sens qui en valait bien d'autres ; qui valait mieux en tout cas que cette obscure tâche d'écrivain à laquelle il s'était si longtemps cru voué et qui l'avait laissé au bord de lui-même, aussi misérable et seul qu'il serait délivré et joyeux, le lendemain, lorsqu'il irait demander la main de Delphine à sa mère, infirme et presque sourde, à l'hospice d'Ussel. La vieille femme ne le reconnut pas, ne comprit rien à ce qu'on lui demandait et remua longuement la tête avant de sourire et de poser une main tremblante sur la tête de sa fille, puis sur celle de Muller.

Ils se marièrent après le jour de l'an. On vint à pied à la mairie. Deux oncles de Delphine soutenaient la vieille mère qui avançait en pleurant. Michèle et le fils marchaient derrière, suivis de quelques femmes de Siom et de Liginiac. Le maire, rouge et pressé, et qui sentait l'étable, serra la main de Muller, caressa la joue de Delphine et tapa sur l'épaule du fils avant de hausser le menton pour déclarer qu'il se réjouissait que Delphine et son fils ne soient plus seuls. Une lumière jaunâtre tombait du plafonnier. Il regarda, par la fenêtre, le ciel qui s'assombrissait, puis d'un air ennuyé prononça des paroles plus officielles. L'église était fermée. On laissa les époux se rendre seuls sous le porche, enlacés, enveloppés d'un vent qui venait de se lever ; ils se tournèrent avec le même sourire vers le cimetière, en contrebas, vers la vallée et l'obscur horizon d'où venait une neige qui recouvrit doucement leurs chaussures.

La mort du petit Roger

Il fallut que le petit Roger meure pour que tout Siom apprenne qu'il s'appelait Nifle. En vérité, ce fut le curé qui, sur sa tombe, avant l'ensevelissement, nous le rappela, comme si nous avions voulu oublier non pas qu'il avait eu un nom, ni ceux qui l'avaient porté, mais qu'il avait pu s'appeler autrement que « le petit Roger ». Dans la pente du cimetière, sous les hêtres immenses, nous nous serrions les uns contre les autres ce matin-là ; il gelait, et le cantonnier avait dû, la veille, faire un grand feu sur la terre avant de pouvoir l'ouvrir. Le ciel avait le bleu très dur des belles matinées d'hiver. Les hommes, mal à l'aise, avaient fini par se taire. Les femmes marmonnaient avec le curé. Une corneille cria. La mort du petit Roger nous effrayait, nous qui nous étions crus bien plus près de mourir que lui, et son nom qui sonna dans l'air glacé comme quelque chose tombant par terre l'éloignait encore plus de nous, le renvoyait là où il était né, en faisait presque un étranger ; et certains, ceux qui s'y entendaient à railler et que cette mort effrayait sans doute le plus, jugèrent qu'à s'appeler Nifle on ne pouvait espérer d'autre destin que le sien. Il y en eut même pour rire sans retenue, pendant que la terre gelée tombait sur le cercueil en pin. À Siom, nous ne sommes pourtant pas plus mauvais qu'ailleurs : nous honorons nos morts en notre for intérieur mieux que dans les cimetières ; c'est pourquoi nos rires n'avaient rien d'insultant. Tous ceux qui s'étaient rendus chez les Farniéras, pour voir le corps, avaient été frappés par le visage du petit Roger, tuméfié, entouré d'épais bandages, tel que l'hôpital l'avait rendu ; ils avaient dit que sur son lit de mort et même dans sa bière il paraissait encore plus petit et plus jeune, plus enfantin, exactement, bien qu'il eût au moment de sa mort à peu près cinquante ans : ses traits semblaient plus fins et apaisés, et sa bouche avait ce sourire qui nous l'avait tant fait aimer. N'était-il pas en quelque sorte l'enfant que toutes les femmes de Siom auraient aimé avoir, celui qui eût flatté leurs plus secrets désirs, leurs pauvres ambitions, leur romanesque pitoyable ?

Et sans doute songeaient-elles aussi à la mère, à cette Marie-Louise autrefois belle et fière, unique fille d'un petit fermier de chez nous qui l'aimait avec une dévotion sourde et l'effrayait avec ses sourcils trop fournis, ses membres épais, sa voix fracassante, son souffle très puissant, pleurant doucement après ses colères devant sa femme et sa fille — ses deux femmes, comme il disait, toutes deux frêles, résignées, nullement liguées comme on aurait pu le croire contre cet homme avare et maladroit. Quoique douces et bonnes, elles se haïssaient pour des raisons que nul n'a sues mais qu'on pouvait trouver dans l'étrange, dans l'excessive ressemblance de la mère et de la fille : une ressemblance à laquelle la mère ne se résignait pas, redoutant même de voir sa fille la remplacer dans le cœur et l'esprit sombre du père, sinon, murmurait-on, dans son lit, et n'aimant au fond pas plus le père que la fille, qu'elle fit retirer de l'école, dès qu'elle eut douze ans, pour la placer aux Freux, chez les Grandpré.

Nous avons tous connu la gloire des Grandpré, ces marchands de biens dont un aïeul, pour avoir racheté Les Freux, à l'ouest de

Siom, avec leur gentilhommière, leurs fermes, leurs étangs et plus de trois cents hectares de bois, avait trouvé légitime de se faire appeler Grandpré des Freux. Nous avons bien connu les derniers, la vieille Grandpré, restée veuve après la Grande Guerre, et ce lièvre amoureux qu'était son fils. Tous nous avons passé, au moins une fois, le seuil usé de la gentilhommière — à vrai dire une grosse maison bourgeoise solidement posée sur son socle de granit, avec une aile unique et quelques dépendances, protégée de la route par un mur assez bas, une allée de troènes mal taillés et de hauts sapins qui faisaient, par grand vent, un bruit d'orgues, et assombrissaient toutes les pièces ainsi que l'humeur de la vieille Grandpré, qui vivait là toute l'année, par nécessité plus que par goût, élevant comme elle le pouvait, avec l'aide d'un précepteur à peine plus savant qu'elle, et déniché dans quelque collège d'Uzerche ou de Meymac, son fils, ce chien courant dont le cou avait été tellement rongé par on ne sait quelle blessure ou maladie qu'il finit par l'enserrer dans un haut col de cuir fermé sur le côté d'un lacet d'argent qui lui donnait fière allure, avec quelque chose de raide, d'austère, d'inquiétant, aussi, quand on le rencontrait, la nuit, à l'orée d'un bois, dans la brande ou dans les labours et qu'il vous fixait sans un mot, avec ce sourire dont nos femmes ni nos filles ne se méfiaient assez, trouvant même, comme le dit Marie-Louise, la première fois qu'elle le vit, qu'il avait l'air trop malheureux pour être vraiment méchant.

Ce jour-là, il gelait à pierre fendre ; la fumée montait toute droite de la cheminée des Freux ; la vieille Grandpré avait reçu le père Nifle, debout, dans le vestibule, près d'un ratelier à fusils sous lequel étaient rangés des bottes, des souliers, des cannes, et elle avait décidé avec lui que Marie-Louise servirait chez elle en tant que femme de chambre, et pourquoi pas en tant que lectrice, puisque la fillette aimait lire et qu'elle avait une jolie voix. On entendit alors ces mots, que le père Nifle rapporta dans tout Siom :

— Encore une liseuse ! Mon Dieu, Maman, n'avez-vous pas assez du bruit de vos sapins pour vous aider à mourir...

La vieille dame eut un petit rire. Marie-Louise s'était tournée vers l'homme : il souriait à sa mère, la tête enveloppée de la lumière qui tombait par les petits carreaux losangés de l'imposte, au fond du vestibule, et il paraissait ne rien voir d'autre que le lent sourire qu'il faisait naître sur les lèvres maternelles. Et si le père Nifle put dès lors se targuer de ce que sa fille était placée chez les Grandpré, beaucoup l'entendirent murmurer par la suite que le fils était bien le plus grand chien galeux que la terre ait porté et que personne ne serait fâché, vraiment, de le savoir sous terre, dans l'étroit carré ceint de hautes grilles et planté, aux quatre coins, de beaux thuyas, comme si les Grandpré n'avaient pu donner de beau à ce monde que ces grands arbres sombres, que ce fût là leur vraie noblesse et qu'il fallût qu'ils soient enterrés pour être bons à quelque chose, oui, qu'ils reposent là, au cœur de cette petite butte exposée à tous vents, parmi les corps des bâtards, des mort-nés et des monstres qu'ils avaient semés dans tout le canton, et à quoi Marie-Louise, si on en croyait nos langues les plus sûres, et le père Nifle lui-même, ne manquerait pas d'apporter sa pierre.

Il n'en fut rien. Quelques femmes de Siom qui venaient aider aux Freux pour les grandes lessives, les fenaisons ou la cueillette des myrtilles avaient bien pu raconter ce qu'elles voulaient, par exemple qu'elles avaient vu Cœur de Lièvre appeler la petite dans sa chambre et celle-ci obéir avec empressement, avec joie même, courant donner sa jolie bouche à la gueule tordue de l'héritier avant de se laisser culbuter sur le lit dont le bois avait longuement grincé, et cela plusieurs fois par jour : nul n'en serait convaincu tant qu'on n'aurait pas vu s'arrondir le ventre de Marie-Louise ; à quoi l'on ne croyait d'ailleurs guère, personne ne pouvant imaginer qu'elle eût frayé avec le Lièvre : ne devinait-on pas qu'elle lui tenait la dragée haute, qu'elle exerçait sur lui un empire dont il souffrait, enfin, au point que, murmurait-on, il avait tenté de la prendre de force et que dès lors, pour prix de son silence, elle avait pu jouir, alors qu'elle n'avait pas dix-huit ans, d'une ancienne bergerie aménagée en refuge de chasse puis en maison, à une demi-lieue des Freux, au bord de la lande de Lestang dont elle n'était séparée que par un bois de bouleaux. Elle y vivait seule. Son père était mort ; sa mère se plaignait à présent que sa fille l'abandonnait, puis, comprenant qu'elle ne serait jamais accueillie chez sa fille, pas même pendant les mois d'hiver, elle entra dans le chœur des vieilles femmes qui tissaient les réputations, les bruits et les légendes en faisant plus de vacarme qu'une assemblée de choucas ou que les vents de novembre, et soutenant que Marie-Louise serait patronne des Freux dès que la vieille Grandpré reposerait sous la butte.

De la dernière guerre, à Siom comme aux Freux ou au bord de la lande, nous ne sûmes presque rien, ne voulant rien savoir. On n'y avait appelé personne de chez nous ; les langues se tapirent, par superstition, ou parce qu'on se rappelait trop les morts de l'autre guerre. Nous sommes d'une race pauvre mais obstinée, comme le lichen sur le granit. Nous voulions survivre comme nous le faisions depuis des siècles, dans l'héroïsme des tâches quotidiennes, dans l'abandon à des folies passagères, mais sans nous soucier de ce qui ne nous regardait pas. En 1943, Marie-Louise mit au monde un enfant trop blond pour qu'il pût être du Lièvre et que, faute de rien savoir, on attribua à quelque maquisard dont Marie-Louise enfouit le nom en elle-même. On finit par s'en désintéresser. Roger porta son seul prénom comme d'autres un bec-de-lièvre, une crinière trop rousse, des yeux chassieux. La mère et l'enfant vivaient sans bruit sous les bouleaux, dans la clarté de la lande. La vieille Grandpré avait accepté que Marie-Louise amenât l'enfant dans le salon sombre et sonore, ou dans la chambre à coucher ; il restait là, sans rien dire, avec sa mère qui mettait la vieille dame au lit puis lisait à voix haute, près des fenêtres ou d'une lampe ; il écoutait cette voix simple et belle, que la lecture dépouillait presque entièrement de son accent et qui leur faisait ployer la tête ou leur tirait des larmes, à la vieille dame comme à lui, de sorte que ce n'était pas le texte qui les touchait, pour la vieille dame dont les forces et l'esprit déclinaient comme pour lui qui songerait toujours à la voix maternelle comme à du lait ou à la lumière dans les feuilles des bouleaux : c'était plutôt le murmure que sa mère mêlait à celui du vent dans les sapins ou au bruit silencieux de la nuit qui tombait ; et ce murmure était si doux qu'on avait bientôt déchargé Marie-Louise de toute autre tâche que celle d'endormir les terreurs vespérales de la vieille dame, d'apaiser les colères du fils et, à présent, de bercer le petit Roger. Oui, qu'importaient les livres, romans fanés, poésies symbolistes, mémoires de grands hommes ou récits de voyages, puisque la voix seule avait le pouvoir de décider du jour et de la nuit, et que Roger pourrait, quand elle ne serait plus là, la susciter encore et entendre au plus secret de lui le souverain murmure.

À l'école il ne resta que peu de mois — le temps d'apprendre à se défier des mots, de ses condisciples, de son nom. Jusqu'à dix ans, il vécut en croyant que le reste du monde, au-delà des clôtures des Freux, de la lande et de la Vézère, était surtout peuplé d'animaux sauvages qui vivaient dans une nuit perpétuelle. Personne n'eût osé faire remarquer à sa mère qu'il était à peu près ignare : aux Freux, plus que chez nous encore, on vivait hors du temps et Roger, enfant, était si beau avec son air sérieux, presque grave, et ses gestes lents, qu'on ne songeait plus qu'il ne parlait pas ni que ce silence pouvait être à la mesure de ce à quoi le condamnait la rumeur : n'être pas même un bâtard des Grandpré, mais un fils de personne et lui-même si près de n'être personne, malgré le prestige de sa mère, qu'il n'avait pour lui que son étrange beauté, son silence et son sourire, cela même qui passerait toujours pour une gentillesse proche de la sainteté et qui, avec sa petite taille, lui vaudrait d'être appelé le petit Roger, débarrassé enfin de son patronyme, et accepté de tous.

Pour ça, il lui faudrait avoir travaillé au moulin, sur la Vézère, avant que les terres basses aient été inondées par le barrage du

Montheix et que le moulin ait disparu sous des eaux plus noires que nos nuits. Il oublia les sacs de blé, ces cinquante kilos à quoi son dos s'était si bien fait, lorsqu'il les descendait à la meule, qu'il s'en était comme élargi, tassé, de sorte qu'il paraissait presque aussi large que haut, ce qui lui donnait, à quinze ans, quand on comprit qu'il ne grandirait plus, l'air d'un ange prisonnier, avec son fin visage, ses cheveux blonds et raides, ses grands yeux marron : on aurait dit qu'en lui l'enfant ne cesserait d'être terrassé par l'homme. Il murmurait parfois qu'il aurait mieux aimé être simplement laid, avec une figure aussi repoussante que celle de l'ancien domestique du moulin : au moins aurait-il mieux compris pourquoi les filles se détournaient de lui — jusqu'à sa mère, lui semblait-il, qui finissait par ne plus voir en lui que le saccage de ses rêves, ayant cru elle aussi, toute forte qu'elle était, aux contes bleus. Lorsque Roger rentrait, le soir, il se mettait à table, sans un mot, devant celle qu'il n'osait plus embrasser puisqu'elle ne lui tendait plus la joue, le regardant à présent sans le voir, ou bien ne voyant plus que l'homme pitoyable qu'il devenait, supputant qu'il aurait bientôt l'âge de celui qui en était le père, et qu'il resterait là, devant elle, aussi longtemps qu'elle vivrait, à la regarder devenir une femme aussi vieille et mélancolique que la Grandpré, et supportant si mal cette idée qu'elle voulut que Roger s'éloignât. Elle l'amena à Paris pour y chercher la protection d'un parent des Grandpré qui, depuis d'adolescentes vacances aux Freux, vouait à Marie-Louise une amitié singulière, et qui accepta de placer le petit Roger dans un ministère où, dit-on, il porta d'abord des messages comme il avait porté les sacs de blé, lentement et en souriant, vêtu d'un costume sombre dans lequel il paraissait encore plus petit. Mais il savait à peine lire, encore moins écrire ; il balbutiait, rougissait, ne pouvait marcher sans se balancer, comme s'il voulait se défaire de quelque chose qui pesait sur ses épaules. Il était ridicule, moqué de tous, mais savait quand même se faire aimer. On fit de lui un agent de nettoyage. On dit qu'il passa de la sorte deux années de grande honte, terré, dès qu'il quittait le ministère, dans une chambre de bonne, sous les toits, et dont il ne sortait jamais, pas même le dimanche, et où il dormait comme une brute, terrifié par la ville immense où il ne comprenait pas que sa mère ait pu l'abandonner, ne sachant pas se divertir, ne levant pas les yeux sur les femmes, n'ayant de rapports qu'avec son chef de service devant qui, un soir, il se prit à pleurer doucement puis à dire qu'il n'était pas à sa place, là, qu'il s'ennuyait de sa mère et de la lande et qu'il ne reviendrait pas travailler le lendemain ni les jours suivants.

Et il reprit, à l'aube, le chemin d'Austerlitz. Il descendit du train, à la gare de Siom, à la fin d'un mois de janvier particulièrement froid. Il demeura longtemps immobile sur le quai, avec aux lèvres un sourire que nous ne lui avions jamais vu, à la fois amer et résigné, et, dirent certains, presque cruel, ce qui ôta à chacun l'envie de se moquer. Et il se tenait là, sur le mâchefer violet, héroïque et un peu hébété, comme ceux qui rentrent du service militaire, dans ce costume de fonctionnaire qu'il avait tenu à porter pour le voyage et que nul ne revit sur lui, pas plus qu'on ne lui revit le sourire qu'il avait, ce soir-là, et qui nous sembla aussi injustifiable que le fait qu'il ne soit pas allé chez sa mère, ni aux Freux, mais directement à la ferme des Farniéras, où il frappa alors que tous étaient à table et que les chiens n'avaient pas aboyé, comme ça, sans rien dire d'autre que : « C'est moi », attendant sur le seuil qu'on lui dise de finir d'entrer, comme si on l'avait attendu ; et nul ne savait à quoi s'en tenir, sauf lui qui posa sa valise derrière la porte, releva sa mèche de cheveux, puis s'installa à la place du fils Farniéras qui avait été tué en Algérie. Il mangea sans un mot et, dès le lendemain matin, se mit à l'ouvrage avec l'autre domestique à présent trop vieux pour s'occuper d'autre chose que des bêtes. Il nettoya l'étable, répara les trayeuses et fit fonctionner l'élévateur à fumier comme s'il avait fait ça toute sa vie. Le plus extraordinaire restait qu'il ne soit pas allé visiter sa mère, qu'il n'ait pas même demandé de ses nouvelles et ne parlât jamais d'elle qui, dans ce temps-là, accompagnait la longue agonie de la vieille Grandpré, qu'on enterra, au printemps, dans le carré familial. Aux remontrances du père Farniéras, qui voulait le voir aller aux obsèques, il répondait doucement qu'il y avait trop d'ouvrage, des clôtures à réparer le long de la Vézère, des rigoles à creuser et les jeunes vêles à soigner dans les prés du haut. Farniéras haussa les épaules et ne lui demanda plus rien ; peut-être alla-t-il, ce jour-là, après l'enterrement, s'entendre avec Marie-Louise, qui, privée par la mort de la vieille Grandpré de la maison de la lande, bientôt vendue, refusait de retourner vivre dans la demeure du Lièvre — lequel passait à présent ses journées au lit avec une servante goitreuse, la seule qui ne l'eût pas quitté et qui (elle s'en vantait à Siom avec une superbe qui nous faisait frémir) acceptât de l'embrasser dans le cou tandis qu'il pleurait sa mère et, plus sûrement, la perte de Marie-Louise et d'illusions effarantes. La mère de Roger rentra donc à Siom, chez sa propre mère, et ne sortit presque plus. On dit que les deux femmes vivaient sans s'adresser la parole mais sans se chamailler, car il y a des haines plus heureuses que le bonheur. On dit aussi qu'elle vivait de ce que lui donnait Farniéras du salaire de son fils et qu'elle mourut dans son sommeil, quasi oubliée mais peu regrettée, elle qui avait été la plus belle fille de Siom, qui avait tenu le Lièvre à distance et qui aurait pu devenir la patronne des Freux sans sa fidélité obstinée et stupide à ce fils qui ne voulut jamais la revoir et qu'elle n'avait jamais revu autrement que par-dessus des haies, au loin, sur les coteaux où il conduisait le tracteur, ou dans la foule des jours de foire, aux Buiges, à Treignac ou à Villevaleix. Le petit Roger n'alla pas à son enterrement, non plus qu'à celui de sa grand-mère, peu après, et pour les mêmes et invraisemblables raisons, bien que cette fois le père Farniéras se soit fâché, ait menacé de le chasser avant de céder devant une si douce opiniâtreté, mais non sans avoir levé la main sur Roger, qui était pour ainsi dire devenu le fils de la maison, ce qui donnait au vieux ce droit, Roger tombant à genoux et criant d'une voix trop haute et qu'on ne lui avait jamais entendue : « Oui, maître, punissez-moi ! Punissez-moi ! »

Cet épisode lui valut la gloire sourde des incompris et surtout son sobriquet, tendre et définitif, de petit Roger par lequel nous le nommerions pendant plus de vingt ans. Et pendant plus de vingt années, nous l'avons vu chaque dimanche, à Siom, chez Berthe-Dieu où il venait manger, non pas dans la salle de restaurant, mais dans la cuisine bruyante et surchauffée, comme si, là encore, il était le fils de la maison. Il se soûlait ce jour-là à deux reprises, allait dormir après déjeuner dans le hangar à bois, au fond du jardin, entre les bûches et les poules, le visage dans un rayon poussiéreux ; et il sortait de là tout frais, les joues roses, avec un sourire d'enfant, enterrant parfois dans un coin du jardin ses vomissures et pissant longuement dans le même taillis d'orties avant de rentrer dans le café, de se remettre à boire, de prendre un peu de soupe et de retourner à la ferme, tanguant sur son vélomoteur bleu pâle, le casque à peine mieux assuré sur la tête et entre les lèvres une cigarette papier maïs éternellement éteinte. Beuveries qui furent pendant vingt ans son unique distraction : on ne lui connut ni amitiés, ni amours, ni passion hormis celle du travail bien fait. Jamais il ne parlait de sa mère, pas plus que de sa vie à Paris ou des Grandpré ; et il se montrait si doux, même quand il était ivre, si discret, si beau encore, qu'on disait que c'était bien là un enfant de l'amour ; et on lui pardonnait de n'avoir revu ni sa mère ni sa grand-mère et de n'être pas allé aux funérailles du Lièvre, dont certains se demandèrent, alors, s'il n'était pas, malgré tout, le fils. Il vivait dans un silence heureux, avec des souvenirs si pauvres qu'il n'éprouvait, semblait-il, que le besoin d'accomplir jour après jour sa besogne et de dormir, sans que les Farniéras, pendant ces vingt années, aient eu à lui adresser le moindre reproche. Et que pouvait-il faire d'autre que travailler jusqu'à l'épuisement et paraître peu à peu devenir le fils de lui-même à cause de son incroyable jeunesse qui ne s'altérait pas, puisqu'il n'avait personne à aimer ni à pousser au bout de sa verge, se détournant des journaux, de la radio et du téléviseur comme il fuyait le regard des jeunes femmes pour se réfugier dans sa petite chambre, là-haut, sous le toit, nue et propre, par la fenêtre de laquelle il aimait pisser, avant de fermer les volets, ravi du trajet que décrivait le liquide chaud dont il écoutait la chute sur le toit d'un appentis ? Et il riait de cela en tremblant de tout son corps, de la même façon qu'il riait, le dimanche, chez Berthe-Dieu, à écouter les jeunes gens raconter leurs histoires de femmes, à quoi on ignorait ce qu'il pouvait comprendre — celles du fils Peyrat, particulièrement, le grand et pitoyable Peyrat qui déjà ne vivait plus que pour la boisson et qui, ce soir de décembre où il faisait si froid et où la nuit était si sombre, dissuada le petit Roger d'enfourcher son vélomoteur et le reconduisit en voiture jusqu'à l'embranchement du chemin de la ferme, et qui revint en pleurant à Siom, hagard, dessoûlé, ayant à peine entendu claquer la portière de sa voiture, dans la nuit, qu'il percevait un bruit sourd, puis un cri et des crissements de pneus : le petit Roger avait été fauché par une voiture avant d'avoir pu atteindre l'autre côté de la route. Il gisait contre le talus, le regard absent, la tête renversée sur l'asphalte, l'arrière du crâne si abîmé qu'on lui voyait le cervelet. Il mourut la même nuit, à l'hôpital de Tulle. On l'enterra entre sa mère et le père Nifle.

DU MÊME AUTEUR

Aux Éditions Gallimard

LA VOIX D'ALTO, 2001 (Folio n° 3905).

LE RENARD DANS LE NOM, 2003 (Folio n° 4114).

MA VIE PARMI LES OMBRES, 2003 (Folio n° 4225).

MUSIQUE SECRÈTE, 2004.

HARCÈLEMENT LITTÉRAIRE, entretiens avec Delphine Descaves et Thierry Cecille, 2005.

LE GOÛT DES FEMMES LAIDES, 2005 (Folio n° 4475).

DÉVORATIONS, 2006 (Folio n° 4700).

L'ART DU BREF, Le Cabinet des lettrés, 2006.

DÉSENCHANTEMENT DE LA LITTÉRATURE, 2007.

PETIT ÉLOGE D'UN SOLITAIRE, 2007 (Folio 2 € n° 4485).

PLACE DES PENSÉES, sur Maurice Blanchot, 2007.

L'OPPROBRE, 2008.

Au Mercure de France

L'ORIENT DÉSERT, coll. « Traits et portraits », 2007.

Aux Éditions P.O.L

L'INVENTION DU CORPS DE SAINT MARC, 1983.

L'INNOCENCE, 1984.

SEPT PASSIONS SINGULIÈRES, 1985.

L'ANGÉLUS, 1988 (Folio n° 3506).

LA CHAMBRE D'IVOIRE, 1989 (Folio n° 3506).

LAURA MENDOZA, 1991.

ACCOMPAGNEMENT, 1991.

L'ÉCRIVAIN SIRIEIX, 1992 (Folio n° 3506).

LE CHANT DES ADOLESCENTES, 1993 (Folio n° 4766).

CŒUR BLANC, 1994 (Folio n° 4767).

LA GLOIRE DES PYTHRE, 1995 (Folio n° 3018).

L'AMOUR MENDIANT, 1995.

L'AMOUR DES TROIS SŒURS PIALE, 1997 (Folio n° 3199).

LAUVE LE PUR, 2000 (Folio n° 3588).

Aux Éditions de La Table Ronde

LE SENTIMENT DE LA LANGUE, I, II, III, 1993. Prix de l'Essai de l'Académie française 1994.

UN BALCON À BEYROUTH, 1994.

LE CAVALIER SIOMOIS, 2004.

FENÊTRE AU CRÉPUSCULE, conversations avec Chantal Lapeyre-Desmaison, 2004.

Aux Éditions Dar An Nahar, Beyrouth

L'ACCENT IMPUR, 2001.

Aux Éditions Champ Vallon

LE SENTIMENT DE LA LANGUE I & II, 1986 — 1990.

BEYROUTH, 1987.

Aux Éditions Fata Morgana

LE PLUS HAUT MIROIR, 1986.

CITÉ PERDUE, 1998.

LE DERNIER ÉCRIVAIN, 2005.

CORPS EN DESSOUS, 2008.

Aux Éditions François Janaud

AUTRES JEUNES FILLES, avec des dessins d'Ernest Pignon-Ernest, 1998.

Aux Éditions Fayard

POUR LA MUSIQUE CONTEMPORAINE, 2004.

Aux Éditions L'Archange minotaure

SACRIFICE, avec des photographies de Silvia Seova, 2006.

TOMBÉS AVEC LA NUIT, 2007.

Composition Nord Compo
Impression Novoprint
à Barcelone, le 10 juin 2008
Dépôt légal : juin 2008

ISBN 978-2-07-034255-6./Imprimé en Espagne.

147264

HEYNE
BÜCHER

Willy Reichert

Das Beste

aus meiner schwäbischen Witze- und Anekdotensammlung

Herausgegeben
von Heinz Hartwig

Wilhelm Heyne Verlag
München

HEYNE-BUCH Nr. 952
im Wilhelm Heyne Verlag, München

8. Auflage

Printed in Germany 1978
Umschlagfoto: Hugo Jehle, Stuttgart
Umschlaggestaltung: Atelier Heinrichs, München
Gesamtherstellung: Ebner, Ulm

ISBN 3-453-00274-1

Inhalt

Vorwort des Herausgebers

Die in diesem Büchlein festgehaltenen Witze und Sprüche, Anekdoten und Dialektspäße, Verse und Weisheiten sind nicht von Willy Reichert erfunden.
Abgesehen davon, daß der große Volksschauspieler nie in seinem langen Bühnenleben ein Possenreißer, Ulkmacher oder Witzbold gewesen ist, sondern mehr als Schalk und Eulenspiegel sein Publikum mit hintersinnigen Bemerkungen zum Lachen brachte, abgesehen also von seiner Person, sind derartige stammeseigentümliche Dialoge und Gedanken nur in den seltensten Fällen einem bestimmten Verfasser zuzuschreiben. Es handelt sich vielmehr um meist sehr altes Erzählgut des Volkes, das von Generation zu Generation weitergegeben wird.
Das erklärt auch die unterschiedlichen Fassungen, wobei speziell Orts- und Familiennamen wechseln und das Umfeld der jeweiligen Epoche geschickt angepaßt wird. So mag einem dies oder das irgendwie bekannt vorkommen; hoffentlich aber das eine oder andere auch neu sein.
Willy Reichert hat diese Schwabismen auch nicht etwa systematisch von Jugend auf gesammelt. Aber unzählige seiner Verehrer und viele seiner Freunde haben ihm immer wieder Witze und Scherze erzählt, in Briefen mitgeteilt, auf Zetteln zugesteckt oder sie aus Zeitungen und Zeitschriften ausgeschnitten und in Büchern angekreuzt. Wohl in der Meinung, er würde sie beruflich verwenden können und sie bei seiner nächsten Plauderei oder Conference – in seiner unnachahmlichen Art verbessert – zum Besten geben. So hat sich allerlei zusammengefunden. Ergänzt durch ein gutes Gedächtnis – beschränkt durch das Ausmerzen des allzu Derben – erweitert durch Stöbern in Gedrucktem, vorwiegend aus alter Zeit. Wo der Autor feststeht, ist er

angegeben. Wo Quellen benutzt wurden, nennt sie das Literaturverzeichnis.
Maßgebend für die Aufnahme eines Beitrags war Willy Reicherts Meinung über das, was an einem Witz gut ist. Worüber er lachen kann, darüber werden auch die Leser lachen können (und dürfen). Es ist ein Querschnitt. Man findet Mittelschwäbisches aus dem alten Württemberg, Westschwäbisches vom oberen Neckar, Südostschwäbisches von der Alb und aus dem Donauraum und dazu vom Süden das Alemannische. Auch von Auslandsschwaben und gar von Badenern ist etwas dabei und schließlich »Randschwäbisches« aus den Landstrichen, die ans Bayrische und Fränkische grenzen.
Bedenkt man noch, daß Kenner des Landes zwischen Bauernschwäbisch, Provinzschwäbisch, Stadtschwäbisch, Honoratiorenschwäbisch und schwäbisch gefärbtem Hochdeutsch zu unterscheiden wissen, so wird deutlich, daß in der vorliegenden Sammlung kein einheitlicher Dialekt aufklingen kann. Hinzukommt, daß der Herausgeber hier und da kleine Veränderungen hat vornehmen müssen, um den Nichtschwaben das Verständnis zu erleichtern.
Ganz ohne eigenes Bemühen, sich in die Ausdrucksweise und die Geisteswelt von Willy Reicherts Landsleuten einzufühlen, wird es freilich nicht gehen. Weshalb eine Gliederung nach Lebensgebieten vorgenommen wurde und geraten sei, das Ganze nicht etwa in einem Zuge zu lesen, obgleich der erste Witz in einem »Zuge« spielt. Bröcklesweis, nach Kapiteln, so wär's uns recht. Noch besser: laut lesen oder jemandem das Beste vorlesen. Mit möglichst tiefer Stimme und sehr langsam. Warum? Hano . . .

Stuttgart/Mietenkam/München *Heinz Hartwig*
1970/1971/1972

Zweites, weit wichtigeres Vorwort

Im Witz und im Wein liegt die Wahrheit. Drum stößt man auch mit beiden an. Also zu jedem Achtele von dem Buch ein Viertele trinken – dann bekommt beides. Zum Wohle!

Euer Willy Reichert

I

Von unserer Sprache und unseren Dichtern

TEE-Gespräch

Im Trans-Europa-Express kommen ein paar Herren miteinander ins Gespräch. Ein Geschäftsmann aus Stuttgart wirft nach einiger Zeit auch ein Sätzchen dazwischen. Darauf ein Abteilgenosse: »Sie sind Schwabe?«
»Freili«, erwidert der, »aber saget Se mer bloß, an was habet Se des gmerkt?«

Schöne Namen

Bei Häfeles sind Drillinge angekommen. Der fünfjährige Bruder wird gefragt, wie denn die drei Kleinen heißen sollen. Antwort: »Wenn i de Babba am Telefo rächt verstande han, dann hoißet se so o'gefähr wia Hemmel, Arsch ond Wolkabruch!«

Mundartiges

Der Schwab hat keine Beine, nur Füß,
wenn er geht, dann lauft er,
wenn er lauft, dann springt er,
wenn er springt, dann hopft er,
wenn er rennt, dann saut er.

Kluge Katze

Im Schwabenland schwätzen sogar die Katzen. Man muß sich nur Mühe geben, es ihnen beizubringen. Als der Heiner es wochenlang mit seiner Maunz versucht hatte und die keinen Ton von sich gab, warf er sie vor Wut aus der Haustür und rief hinterher: »Woischt was? du kannscht mi . . .« Auf einmal konnte das Kätzchen sprechen. »Mi au« sagte sie.

Vorm Dogenpalast in Venedig

Uff deutsch dätsch Dodsch
am bäschde mit Schdadtmagischdratsfürschd
verdolmädsche.

Nur mit Dolmetscher verständlich

»Schellet Se et an sellere Schelle, selle Schelle schellt et; schellet Se an sellere Schelle, selle Schelle schellt.«
Übersetzung: Läuten Sie nicht an dieser Glocke, diese Glocke läutet nicht; läuten Sie an *dieser* Glocke, diese Glocke läutet!

Anglerlatain

Zwei schon etwas Schwerhörige treffen sich unweit des Neckars. Es entspinnt sich folgender klassischer Dialog:
»Kommet Se vom Angle?«
»Was meinet Se?«
»Ob Se vom Angle kommet?«
»Noi, noi, i komm vom Angle!«
»Soso. I hab gmeint, Se kommet vom Angle!«

Im Museum

Das Schönste in dr Kunscht dr Plaschtik isch doch der Bruschtkaschte vo dr Venos von Milo.

Verstanden?

Im Fasching darf man schon mal lustig sein und einen kleinen Spaß riskieren. Aber Vorsicht! Schon oft ist aus einem kleinen »Späßle« ein »Ernstle« geworden.

Das . . . . le

Schwäbisch lernt man am besten von den Kindern. Man muß nur recht hinhören: Zum Pferd sagen sie: »Hottehüle«, zur Kuh »Kuhmoggele«, zur Ente »Entewaggele« und zum Schaf »Bähhammele«. Und nun versteht auch ein Nichtschwabe das folgende Kinderlied. Pardon: das folgende Kinderliedle . . .

Liedle zom Einschloafe

Leg di num, mei Joggele.
leg dei goldigs Moggele,
auf des weiche Kissele
ond dann schlafsch a bissele.

Und dann träumsch von Engale
und von Blütenstengale,
und sitzsch auf a Gäulele
und na reitsch a Weilele.

Drauße schneits und's hagelet.
Morge früh, wenns tagelet,
ganget mer aufs Bergele
zu de kleine Zwergele.

Komm, lieg num jetzt, Joggele,
o du dumms kleins Poppele,
da – aufs weiche Kissele . . .
Du! Sonst rauchts a bissele!

Sauerei

Wußten Sie schon, daß die schwäbische Bezeichnung für ein Ferkel »Säule« ist? Wie soll man auch zu einer kleinen Sau anders sagen . . .

Zungenbrecher

's leit a Klötzle Blei,
glei bei Blaubeura;
glei bei Blaubeura
leit a Klötzle Blei!

Dolmetscher gesucht

Die schwäbische Sprache läßt sich nicht einmal ins Hochdeutsche übertragen, geschweige denn in eine Fremdsprache. Denkbar ist bestenfalls ein Übersetzer, der des Läppischen mächtig ist.

Schillerndes Lob

Schillers »Macbeth« wurde mit dem Hauptdarsteller Voß 1800 in Weimar in Anwesenheit des Dichters aufgeführt. Voß, der noch aus der Zeit des Stegreifspiels stammte, hatte großen Erfolg. Schiller suchte ihn am Schluß in seiner Garderobe auf und sagte: »Voß, ich muß Ihne sage, meischterhaft! Sie habe zwar ganz andre Vers gesproche, als ich sie geschriebe hab, aber sonst trefflich, trefflich!«

Sprachschwierigkeiten

In einem badischen Kurort spricht man über die Urlaubsreisen im vergangenen Jahr. Der eine war in Tunesien, der andere an der Costa Brava, der dritte an der Riviera. Einer schwärmt gar von Teneriffa. Ein anwesender Schwabe wirft ein: »Do ben i au scho gwä!« Ein Norddeutscher: »Was meint der Herr mit ›gwä‹?«
Der badische Wirt: »Hä, die Schwäble könnet halt nur schwäbeln. Dös isch kei Dütsch, was die schwätzet. Der Ma hätt als ›gsi‹ sa solle, nar hätts jedermann verschtande.«

Dichterlos

»Der Schiller und der Hegel,
der Uhland und der Hauf,
das ist bei uns die Regel,
das fällt uns gar nicht auf.«

So zitiert einer den bekannten Vers von Eduard Paulus. Drauf ein anderer: »Sonderbar, daß es heutzutag koine so groaße Dichter meh hot.« Da meint der Lehrer Brosämle: »Onseroiner hot ebe z'wenig Freizeit!«

Schwäbischer Gruß:

Adele!

(Was dachten Sie denn?)

II

Von unserer Dummheit und unserer Intelligenz

Eigenlob

Die Schwaben werd'n mit vierzig g'scheit,
die andern? Net in Ewigkeit!

Vorurteil

Bloß Domme moinet, de Gescheite
wüßtet älles.

Paradoxonle

E bißle dumm ischt jeder,
aber so dumm wie mancher
ischt doch koiner.

Stoßseufzer

»Wenn no älle Leit so wäret,
wia i sei sollt . . .«

Was heißt hier Kind?

Dem alten Frieder seine jüngste Tochter hat Nachwuchs bekommen. Ihr Mann teilt's dem Vater telegrafisch mit: Nachwuchs angekommen, Mutter und Kind gesund.
»Ha«, sagt der Frieder, nachdem er das gelesen hat, »ha, jetzt hätt der Sempel doch glei schreibe könne, ob's e Bue oder e Mädle isch. So woiß i gar nimme, bin i no Großvadder oder Großmueder.«

Namen gibt's

Der Schneider Hecht von Eggingen muß geschäftlich nach Ulm, und da nicht alles an einem Tag zu erledigen ist, dort auch übernachten. Er findet auch ein Hotel, das für diesen Zweck geeignet ist. Nachdem er den Meldezettel ausgefüllt hat, fragt man, ob er ein Zimmer mit fließendem Wasser wünsche. Hecht: »O noi – i *koiß* bloß so!«

Zeugnis

Ganz domm isch der net, nur stark dreiviertel.

Alles ist Stückwerk

Der Lehrbub: »Moischter, d Arbeit wär fertig. Soll i se glei flicke?«

Ein Glück

Staatsoper. Tristan. Der Saaldiener zur Frau Schäufele: »Brauchet Se en Textbuch?«
Frau Schäufele: »Na, dankschön, mr singe net mit.«

Gelegenheit

»Vadder!« kommt der kleine Konrad aufgeregt angelaufen, »Vadder, dem Nachbar sei Kuh isch en onserm Garte ond frißt onser Gras.«
Der kluge Vater: »Net schimpfe, Bua – melke!«

Nationalhymne

Auf de schwäbsche Eisebahne
gibts gar viele Haltstatione:
Schtuagart, Ulm ond Biberach,
Meckebeure, Durlesbach.

Auf de schwäbsche Eisenbahne
gibts au viele Restratione,
wo mr esse ond trenke ka'
älles, was dr Mage ma'.

Auf de schwäbsche Eisebahne
wollt emol e Bäuerle fahre,
goht an Schalter, lupft de Huat:
»E Billettle, send so guat.«

's Bäuerle hot e Böckle kaufet,
ond damit 's em net verlaufet,
bendet es dr guate Ma'
an de hent're Wage na'.

»Böckle, tua no woidle sprenge,
's Fresse will i dir scho brenge«,
so schwätzt unser Bauersma',
hockt druf zua seim Weible na.

Wia dr Zug no wieder stoaht,
's Bäuerle nach seim Böckle schaot,
fendet er bloß Kopf ond Seil
an dem hentre Wageteil.

Ond des Bäuerle voller Zoare
packt de Goißbock an de Hoare,
schmeißt'n, was er schmeiße ka',
em Kondukteur an Ranze na'.

Des ist's Lied von sellem Baure,
der sein Goißbock hot verlaore.
's Böckle hot e traurigs End,
Hemmelherrgottsapperment!

So, jetzt wär des Liadle gsonge,
Hot's euch recht en d'Aohre klonge?
Stoßet mit de Gläser a'
aufs Wohl dr schwäbsche Eisebah'!

Kunstverstand

Vor einem Schulhausneubau in Tübingen
stehen zwei Gogen (Weingärtner) und schauen
auf ein dort angebrachtes abstraktes Mosaik.
»Was soll jetz au des sei?«
»Du Bachel, des sieht doch e Blender –
des ist Konst!«

Rindvieh

Der Gottfried ist sehr stolz auf seinen Hof und sein prächtiges Vieh. So stolz, daß er sich eines Tages inmitten seiner Rindviecher fotografieren läßt. Das Bild zeigt er jetzt überall herum. Nicht ohne dabei zu bemerken: »Der in dr Mitte, der bin i!«

Überstunden

Der Herr Direktor ruft zu Hause an. »Minna, sagen Sie der gnädigen Frau, sie soll ruhig zu Bett gehen und da auf mich warten.«
Die Neue: »Isch recht. I werd's ausrichte. Mit wem schwätz i?«

Schulweisheit

Professor: »So viel also über die Strahlenbrechung des Sonnenlichts. Was ist die Folge, Schneiderer, wenn das Licht ins Wasser fällt?«
Der Schneiderer Karl: 's goht aus!

Minderwertigkeitskomplex

Der Weinbauer hat nach langem Zureden endlich eine Feuerversicherung abgeschlossen. Jetzt geht es darum, auch eine Hagelversicherung vorzunehmen. »Noi, noi, aus dem Gschäft werd nix«, meint er. »Ja, wieso denn nicht?« fragt der

Vertreter. »Koi Wort meh! Feuer ond Brand, des goht no, aber hagle lasse, des ka' i bstimmt net!«

Warum nur, warum?

Der Karle und der Jochen torkeln heimwärts. Sie haben schwer geladen und die Köpfe hängen mit ihren glasigen Augen ziemlich tief herab. Da sieht der Karle plötzlich am Weg eine Kröte sitzen. »Du Jochen«, sagt er, wenn du dia Krott da fresse tätest, zahl i dir zehn Mark!« Geld ist Geld, denkt der, fängt das Tier und schluckt es auch tapfer herunter. Der Karle muß zahlen und tut's auch. Nach einer Weile treffen die zwei wieder eine Kröte. »Du Karle«, sagt der Jochen, »du kannst deine zäh Mark wieder hao, wenn du jetzt au e Krott fresse tätest.« Der tut es tatsächlich. Und kriegt sein Geld auch zurück. Nach einer Weile: »Du Jochen, worom hent mr jetzt eigentlich dia boide Krott g'fresse?« Man hört nur noch einen Schluckauf von jedem . . .

Alte Kameraden

Ein Preuß, ein Bayer und ein Schwab
die saßen froh beim Glase,
und wie sich so die Rede gab,
ruft plötzlich in Ekstase
der preuß'sche Krieger: »Freunde, hört!
Wir wollen's hier beschließen,
was immer auch den Frieden stört,
auf *uns* doch *nie* zu schießen.«
Der Schwabe kratzt sich, blickt verwirrt:
»Weischt, dees send eigne Sache –
wenn der's der Oberscht kommandiert,
na kannscht de halt nix mache.«
Der Preuße wendet sich mit Schmerz:
Wat hab ick hören müssen,
so wirst auch du, mein Bruderherz,
du Juter, nach mir schießen?«
»Na, na, i net, des schwör i gleich«,
versetzt der wackre Bayer.
Der Preuß umarmt ihn wonnebleich:
»Jeliebter Freund, jetreuer!«
Verdrießlich sieht der Schwabe das,
sieht, wie sich beide küssen,
und fragt dann höhnisch: Wege was
wirscht du net schiaße müssen?
Jetzt hascht leicht schwätze wie de witt,
komm aber erscht ins Feuer . . .«
»I bleib derbei, i schießet nit«,

ruft drauf der wackre Bayer.
»Aus Freundschaft nich?« fragt lispelnd ihn
der Preuß' in warmem Ton.
»Na – weil i halt a Trommler bin!«
Sagt Bayerns biederer Sohn.

E. Henle

Logisch

Ein Bauer fuhr mit Pferd und Wagen einstmals durch den damals noch finsteren Wald bei Sillenbuch. Der Besuch in der Großstadt Stuttgart hatte ihn aber so ermüdet, daß er mitten im Forst anhalten mußte, um ein Nickerchen einzulegen. In der Nacht kamen etliche Bösewichter und spannten ihm sein Rößlein aus. Als er am Morgen erwachte und die leere Deichsel sah, kratzte er sich, noch schlaftrunken, am Kopf und murmelte: »Bin i's oder bin i's net? Bin i's, no habe se mir mei Gäule gstohle – bin i's net, na hab i e Wägele gfunde!«

Schwabenstreich

In einem kleinen Neckarstädtchen ist am Rathaus in etwa zwei Meter Höhe ein weißer Strich zu sehen, der zeigen soll, wie hoch der Fluß einmal hier gestiegen war.
Dem Besucher schien das ein wenig übertrieben

und er fragte im Rathaus nach, ob das Wasser tatsächlich einmal bis dahin gekommen wäre. Auskunft: »Noi, noi, soweit net. Früher war au der Strich weiter unten, aber da habet ihn die Lausbube immer wieder wegkratzt, und na hen mer ihn ebe weiter nauf gmacht.«

III

Von unserem Durst und unseren Getränken

Verständlich

Des Schwaben liebstes Bibelwort:
Mich dürstet!

Das Wort zum Sonntag

»Denket dran, Leute, die Freude ist ein Rausch!«
»Jo, jo, und der Rausch is a Freud!«

Schillerwort

Der Name Wirtemberg
schreibt sich von Wirt am Berg.
Ein Wirtemberger ohne Wein,
kann der ein Wirtemberger sein?

(Diese Deutung des Namens
Württemberg ist umstritten)

In vino veritas

Theodor Heuss hatte als junger Redakteur einmal einen Artikel verfaßt, den er vor dem Druck erst noch seinem Freund Reinhold Maier zeigen wollte. Der lobte ihn sehr. »Fabelhaft. Wie lange hast du daran gearbeitet?«
Drauf Heuss: »Etwa anderthalb Flaschen!«

Hartes Los

Im hoißa Sommer ischt es gwea
und weit rum hot ma gar nix gseah,
koin Menscha, Hund, koin Hof und Haus,
's sieht wahrli melancholisch aus.

Do stoht a Stromer an re Quell,
des Wasser ischt schö' frisch und hell,
ihm gfallt es net, er guckt und guckt,
ma sieht, wies ihm ums Maul rum zuckt,

Der Kerle kämpft en harta Strauß.
Doch hilfts em nix, der Durscht isch so graoß.
Er trinkt und brummt: iatzt ischt es wuarscht,
doch schad isch um dea schöna Duarscht!

G. Heerbrandt

Weinkenner

Der Gast: Bärbele!
Kellnerin: Waasele?
Der Gast: A Viertele!
Kellnerin: Weißn oder Rotn?
Der Gast: Des isch mr egal. I bin farbeblind.

Getränkekarte

Die Bedienung: »Bier? Wein? Cognac?«
Heiner: »Jawoll, in dera Reihefolg!«

Weinprobe

Zwischen Tübingern und Reutlingern gibt es eine alte Rivalität wegen der Güte ihres Rebensaftes. Man neckt sich, wo man kann, »Sei no still«, sagt der Reutlinger, »dei Wei reißt oim e Loch en de Mage!« Worauf der Tübinger herausgibt: »Ond dei Racheputzer zuihts wieder z'samme!«

Weisheit

Onter ällem ist Betrug,
bloß onter dr Milch ist Wasser!

Mitgift

Am Stammtisch spricht man über seine bessere Hälfte. Sagt der Hermann: »Meine isch aus Reutlinga. Wia mir g'heirotet hent, hot se mir a Fäßle Reutlinger Wein mit in d' Eh brocht. Seitdeam woiß i, was ä Mitgift ischt.«

Weinbau

In der Besenwirtschaft trinkt ein Gast ein Viertele Trollinger. »Der ist aber recht sauer, Verehrtester«, meint er nach dem ersten Schluck. Der Wengerter: »So hat ihn ebe der Herrgott wachse lau.«
Ein Jahr danach: »Der ist aber gut«, lobt der Gast diesmal den Wein.
»Des isch au Eigenbau!« verrät fröhlich der Besenwirt.

Junger Wein in alten Schläuchen

Der Pensionist Hummele hat im Remstal dem jungen Wein fleißig zugesprochen und merkt nun auf dem Nachhauseweg, daß seine Beine ihm nicht mehr ganz gehorchen. Da sagt er zu dem rebellischen neuen Wein in seinem Innern:

»Du Lausbua du, jetzt bisch noch koine fünf Woche alt und wilsch en sechsunsechzigjährigen Ma' umschmeiße?!«

Offensichtlich

Der Robert kommt angesäuselt nach Haus. Mit den Schuhen in der Hand. Aber 's Kätterle hat ihn doch gehört. »Wo kommscht jetzt her?« Der Robert: »Des siehst doch – hick – vom Schuster!«

Auslegungssache

Der Ludwig säuft und säuft und säuft. Sein Freund Alfons warnt ihn: »Wenn du so weiter machscht, wirscht d' bestimmt net alt.« Ludwig: »Da hoscht vollkommen recht. Des sag i ja au immer – saufen erhält jung!«

Treuer Freund

Zwei Betrunkene auf dem Heimweg. Plötzlich fällt der eine in den Straßengraben. Sein Freund, auch voll bis oben hin, versucht, ihn aufzuheben, »Komm, Karle, auf geht's, komm, i helf dir . . .« Umsonst, es will ihm nicht gelingen. Schließlich gibt er auf mit den Worten: »Aufhebe kann i di net, Karle, aber naliege will i zu dir.«

Alte Erfahrung

's Falla ist koi Konst,
aber 's Ufstaoh!

Spätheimkehrer

Sie: »Wo hoscht du wieder die ganze Nacht gesteckt, du Wendhond, kei Aug han i zumache könne.«
Er: »I au net!«

Immer durstig

Kurz vorm Schlafengehen sagt der Heiner zu seiner Frau: »Du, Gretle, wann i heit in dr Nacht Durscht hau, na wecksch mi.«
»Wie soll i wissa, wann du Durscht hoscht?« entgegnet das Gretle. Er: »Wann d mi weckscht, Narr.«

Überlebt

Durchs nächtliche Städtle schwankt der Stephan, der alte Duanetguat. Da kommt der Doktor Fiedle und raunzt ihn an: »I hab dr doch gsagt, du sollscht net so saufe, du Galgaschtrick. Du sollscht mäßig sein! Isch des mäßig? Desch is saumäßig! Wenn du so weiter saufsch, wirst d' koine Siebzig!«
»Scho z' spät! Einesiebzig!«

Letzter Wunsch

»Noch oimal e Schluck Wei, des isch de letschte und beschte Medizin«, sagt der alte Krämer, als es ans Abschiednehmen geht. Natürlich bekommt er ein Glas von seinem Leib- und Magen-Riesling. Da greift er flugs zur ganzen Flasche, leert sie mit ein paar kräftigen Zügen und haucht dann seine letzten Worte: »Dorschtig wärd net verreckt!«

IV

Von unserer Wortkargheit und unserer Schwätzerei

Geschwätzige Leut

Der Michel und der Frieder fahren mit der Eisenbahn in die Kreisstadt. Wälder und Felder fliegen vorüber. »Michel, guck«, sagt der Frieder, »wia schö do dr Haber stoht.« Michel nickt. Am Nachmittag auf der Rückfahrt sagt der Michel zum Frieder: »Ond der Woizn au!«

Das Geheimnis

Von seinen Freunden bedrängt, in einer delikaten Angelegenheit sein Wissen preiszugeben, sagt der Ludwig geheimnisvoll: »Könnt ihr schweigen?«

Und als das vielstimmig bejaht wird: »I au!«

Arznei

»Sag mal, was hoscht du deinem Gaul eigentlich gebbe, als er neulich Kolik g'het hot?«

»Petroleum!« Schweigen. Eine Woche danach.

»Hoscht du neilich Petroleum g'sait?« – »Jo.«

»Davo isch mei Pferd aber eigange!«

»Mei's au!

Sonntagvormittag

Dorle: Wo kommscht her, Hannes?

Hannes: Vo dr Kirch.

Dorle: Ond was hat's gebe?

Hannes: Dr Pfarr' hot predigt.

Dorle: Vo was?
Hannes: Vo dr Sünd halt.
Dorle: Ond was hot'r gmoint?
Hannes: Er isch dagege!

Bruderliebe

Der Otto hat Besuch vom Karle. Und grad kommt der Postbote und bringt einen Brief. Otto öffnet ihn und der Karle sieht, daß da nichts weiter drin ist in dem Umschlag als ein weißes Blatt Papier. »Hano«, sagt er, was kriagst denn du für en komischen Brief. Kei Wörtle, nix, gar nix?« »Ja, woißt«, sagt der Otto, »der is vo meim Bruada. Nur e Lebenszoiche. Schwätze tun mr schon johrelong nix meh mitenander.«

Geistreiche Unterhaltung

»Ja, i kann gar nimmer schwätze, Sie sind's doch?«
»Haja, i bin's.«
»I hab Sie ja glei kennt.«
»So?«
»Haja, am G'sicht!«
»Wie geht's denn immer?«
»Man isch z'friede.«
»Und daheim?«
»Des isch mr egal.«
»Wie schee d' Sonn heut scheint . . .«

»Was soll se sonst mache.«
»Waret Se schon im Urlaub?«
»Ja. Em Schwarzwald.«
»Soll schön sein da.«
»Des hört man jetzt öfter.«
»Habet Se schöne Tage verlebt?«
»Mei Frau war mit.«
Usw.

Nach dem zehnten Viertele

»D' Hauptsach ischt, daß d' Hauptsach d' Hauptsach bleibt; de'scht d' Hauptsach!«

V

Von unserem Hunger und unserem Essen

Schwäbische Kost

A Kräutle und a schweinigs Fleisch
und Knöpfla in der Brüeh,
dös wenn man aus der Kuche bringt.
vertlaufet d Schwoba nie,

Gar manche möget d Knöpfla it
und s Schweinig it und s Kraut:
ma braucht halt au a schwäbisch Gmüet,
daß man die Speis verdaut,

Im Kämi, wenn ma s Säule hat
und s Kräutle in der Kuef,
wenn Mehl gnua in der Truha ist,
hat s Haus en gueta Ruef.

A sölles Essa ist a Staat
und besser, ohne Gspäß,
als Schnepfedreck und Kaviar
und all dös Teufelsgfräß.

Hyazinth Wäckerle
1836–1896

Brotzeit

Wann ißt mr? Wanns kocht is.

Lehrmeister

Bei de Reiche lernt mr's Spara,
bei de Orme 's Kocha!

Angebot

Laß mi meine Küchla en deim Schmalz bacha.
No därfst au dein Speck en meim Kraut kocha!

Markt-Analyse

»Saget Se, Frau, send das deutsche oder ausländische Äpfel?«
»Wieso? Wöllet Se mit dene rede?«

Marktgeflüster

»No, des Häsle will i au net. Der hot m'r zviel Schrotkörner.«
»Ha, no nemmat Se halt den. Das isch'n Selbstmörder, er hot sich d'Pulsoder uffgschnitta!«

Metzelsuppenlied (gekürzt)

Wir haben heut nach altem Brauch
Ein Schweinchen abgeschlachtet;
Der ist fürwahr ein ekler Gauch,
Wer solch ein Fleisch verachtet.

So säumet denn, ihr Freunde, nicht,
Die Würste zu verspeisen,
Und laßt zum würzigen Gericht
Die Becher fleißig kreisen.

Auch unser edles Sauerkraut,
Wir sollen's nicht vergessen;
Ein Deutscher hat's zuerst gebaut,
Drum ist's ein deutsches Essen.

Und wird von schönen Händen dann
Das schöne Fleisch zerleget,
Das ist, was einem deutschen Mann
Gar süß das Herz beweget.

Ihr Freunde, tadle keiner mich,
Daß ich den Schweinen singe!
Es knüpfen Kraftgedanken sich
Oft an geringe Dinge.

Ihr kennet jenes alte Wort
und wißt: es findet hier und dort
Ein Schwein auch eine Perle . . .

LUDWIG UHLAND
AUS TÜBINGEN (1787–1862)

Forelle blau

Der Ketterer steht am Bach und fischt. Mit Erfolg. Grad hat er eine Mordsforelle gefangen. Nach altem Brauch schlägt er sie an der Stiefelspitze tot. Das ist dem zuschauenden Feriengast denn doch etwas zu barbarisch. »Gibt es keine andere Methode, die armen Fische zu töten?« fragt er. Drauf der Ketterer: »Was wöllet Se, dia Fisch send's grad so gewöhnt.«

Der Tambour

Wenn meine Mutter hexen könnt',
Da müßt' sie mit dem Regiment
Nach Frankreich überall mit hin
Und wär' die Markedenterin.

Im Lager, wohl um Mitternacht,
Wenn niemand auf ist als die Wacht.
Und alles schnarchet, Roß und Mann,
Vor meiner Trommel säß' ich dann:

Die Trommel müßt' eine Schüssel sein,
Ein warmes Sauerkraut darein,
Die Schlegel Messer und Gabel,
Eine lange Wurst mein Sabel;

Mein Tschako wär' ein Humpen gut,
Den füll' ich mit Burgunderblut.
Und weil es mir an Lichte fehlt,
Da scheint der Mond in mein Gezelt;

Scheint er auch auf Französ'sch herein,
Mir fällt doch meine Liebste ein:
Ach weh! jetzt hat der Spaß ein End'. –
Wenn nur meine Mutter hexen könnt'!

EDUARD MÖRIKE

Platzangst

Der Schwabe ist gewiß nicht ungesellig. Dennoch sitzt er in der Wirtschaft gern allein am Tisch, und wenn das Weinstüble noch so klein ist. Deshalb jammert die Alice, die Kellnerin vom »Öchsle«, zum Wirt: »Heidenei, da kommet femf Schtuagarder, ond mir hent bloß vier Disch.«

Den Ideologen ins Stammbuch

»Em'e hongrige Mage isch net guat predige.«

Sparsam

»Der tuat's nomol«, sagt der Heiner im Bahnhofswirtschäftle und legt den Zahnstocher wieder ins Glasschälele zurück.

Diät-Vorschlag

Liaber meh essa als zwenig trinka!

VI

Von unserem Leiden und unseren Doktoren

Diagnose

Der alte Doktor Knurrhahn macht einen Krankenbesuch bei der Frau Bürzle, die ebenfalls nicht die Jüngste im Ort ist. »Fraule«, sagt er, »Sie gfallet mr fei gar net.« Darauf sie: »Ha, Sie send grad au net der Schönste!«

Hauptsache: gesund

Ein Allgäuerbub darf mit der Mutter zu Besuch auf Ulm fahren. Er staunt über alles, besonders darüber, daß die Leute in der Stadt »koine Kröpf am Hals« haben. »Sei still, Bue«, sagt die Mutter, »und dank liaber unserm Herrgott, daß du älle Glieder hoscht!«

Hustenreiz

Doktor: »Also, Pfeifle, mit a solcher Bronchitis – koin Alkohol in nächster Zeit, und net raucha, und mit'm Esse au ganz vorsichtig sein!«
Pfeifle: »I verstand scho. I derf praktisch bloß no huaschte!«

Rezeptfrei erhältlich

»Was soll i tun? I ka' nachts kei Aug' zumache.«
»Trinken Sie einfach jede halbe Stunde ein Glas Zwetschgenwasser.«
»Jo, moinet Se, des hilft?«
»Das nicht, aber die Zeit vergeht Ihnen dann schneller.«

Kuriert

Doktor: »Nun, haben Sie auch immer bei offenem Fenster geschlafen, wie ich es Ihnen verordnet habe?«

»Freilich, Herr Doktor.«

»Und sind Sie Ihre Erkältung losgeworden?«

»Noi – aber mei Uhr ond d' Brieftasch mit zwoihundert Mark.«

Sprechstunde

»Heut möcht i aber emol ganz gröndlich untersucht werde«, sagt der Christian, als er auf ›der Nächste bitte‹ in die Ordination kommt.

»Wo fehlt's Eahne denn?« fragt der junge Doktor Hebsack.

»I sag nix«, meint da der Christian, »des sollet doch Ihr rauskriege. Send Ihr dr Doktor oder i?«

Medizin

Der Pfarrer besucht den angeblich todkranken alten Hamberger-Hans. Der aber liegt putzmunter und vergnügt im Bett, neben dem eine halbleere Flasche Bodensee-Obstler steht. »Nun, Hannes, dieser Geist ist doch wohl nicht dein einziger Trost?« fragt der geistliche Herr. »Wo denket Se na', Herr Pfarrer«, sagt da der alte Schnapsler, »em Keller stoahn nomol vier Flasche!«

Schiller als Feldscher

»Gehorsamst zu melden, Herr Kommandant!
Der neue Feldscher ruiniert das Spital,
er hat zum Messer keine Hand
und wird den Kranken sehr fatal.«
». . . so, so, hab's selbst bemerkt. Eil er fort,
hol' er den Kerl mir zum Rapport!«

Der Feldscher, in Uniform gepreßt,
sich bald in der Türe sehen läßt.
Ein Degen, wie ein Bratspieß lang,
geniert ihn sehr beim steifen Gang.
Aus schwarzer Krawatte zwängt sich ein Kopf,
und hinten hängt ein gepuderter Zopf.

Er stellt sich linkisch in Positur,
legt stramm an den Hut den Finger nur.
»Ich höre von ihm verfluchte Sachen!
Er wird das Spital zum Leichenhof machen!«

»Herr Kommandant . . .«
»Halt er das Maul!
und steh er nicht da wie ein dummer Gaul.
Ließ ihn der gnädige Herzog Karl deswegen
in seiner Schule lehren und verpflegen?
Jetzt bringt er zum Dank ihn um die Soldaten!«
»Herr Kommandant . . .«
»'s Maul halten will ich ihm raten!

Ich hab's im Katalog gelesen,
ist immer zerstreut, ein Träumer gewesen,
und hat sich schmählich degradiert,
hat Räuberkomödien geschmiert.
Drum, soll er jetzt ein Pflaster schmieren,
weiß er nicht, wie es anzurühren.
Verschreibt zum Schwitzen statt zum Purgieren.
Beim Aderlaß zittert ihm die Hand!
Ist er ein Feldscher?«
»Herr Kommandant . . .«

»Mir scheint, er will gar räsonnieren?
Ich laß ihn zum Profoßen führen!
Es ächzen bei seiner Behandlung die Kranken,
wo hat er seine verfluchten Gedanken?
Vielleicht werden die Vagabunden
in seinen böhmischen Wäldern gefunden.«

»Herr Kommandant . . .«
»Er defendiert sich schlecht!«
»Ich kam ja noch nicht zum Wort.«
»Das wär mir noch recht,
ich werd ihn vom Spital entfernen,
noch einmal Feldschererei zu lernen;
doch will er mir folgen, so geht er allein!
Es wird kein Schade um ihn sein.
Was wird am aller Tage End'
aus Gottes Faulenzern auf Erden?

Er hat keinen Geist, hat kein Talent,
ich rat' ihm, lieber ein Dichter zu werden.
Halb rechts! Abgetreten!«
Und Schiller ging unter die Poeten.

L. A. Frankl

Klänge der Heimat

Schön singa kann i net, aber wüascht pfeifa!

Therapie

»I hab's in de Knie«, sagt der alte Schnurrhagel zum Onkel Doktor. »Na, denn zeigen Sie mal Ihre Beine her«, meint der, und nachdem er sie betrachtet hat, »Tja, das ist die Gicht.«
»Die Gicht? Was macht man dagege?«
»Möglichst wenig saufen und das Bein immer hübsch warm halten.«
»Schönen Dank au, Doktor, und was bin i schuldig?« »Das kostet nix, lieber Mann. Es nutzt aber auch nix.«

Erbmasse

Der Herr Professor: »Sind Sie irgendwie erblich belastet, mein Guter?«
Der Patient: »Freili – i hab' a Hypothekle auf'm Häusle!«

Hausapothekerin

Die Gerda hat den Arzt kommen lassen, denn es ist ihr wiedermal gar nicht gut. Als der Doktor an ihr Bett tritt und auf dem Nachttisch die vielen Pillenschächtelchen und Medizinfläschchen und Tuben und Dosen sieht, sagt er zu Gerdas Mann: »Ihre Frau muaß aber arg gsond sei, daß sie so viele Krankheite aushält!«

Häusle baue . . .

Der Fritzle hat sich ein Reihenhäusle gekauft. Der Oskar besucht ihn. Und fragt: »Stimmt des, de Wänd sind zu dünn bei dene Häusle?« Fritzle: »Dünn isch gar koin Ausdruck. Wenn i 's Herzklopfe kriag, no muaß mei Nachbar Baldriantropfe einnehme.«

Drohungen

Zwei Lausbuben streiten miteinander. Als letzten Trumpf sagt schließlich der eine: »Wart no, ich sag's meim Vadder, der ischt bei dr Polizei und sperrt di ei.« Da kann's aber der andre besser: »Und i sags au meim Vadder. Der ischt Doktor. Der operiert di. Nah bischt he!«

Kurzsichtig

Die Wundärzte, so den Leib flicken, sollten heutzutage eigentlich Wunderärzte heißen, nicht, weil sie lauter Mirakel vollbringen, sondern weil sich der Patient gehörig wundert, wenn er nachher ihre Rechnung sieht. Auf solche Weise purgieren die Medizi nicht nur die Körper, sondern auch die Börsen, und machen zwar die Kranken gesund, den eigenen Beutel aber noch gesünder.

So hat einer jüngst ein altes Weib kuriert, das am Augenfluß litt und beinahe nichts mehr sah. Der habgierige Kerl nahm jedesmal, wenn er die arme Haut besuchte, etwas an sich. Das erste Mal einen silbernen Löffel, das zweite Mal einen zinnernen Humpen und so weiter und so fort. Als die Frau ihre Augen dann wieder gebrauchen konnte, verlangte der Räuber auch noch Geld von ihr. Sie gab's ihm aber nicht und mußte also vor den Richter.

»Warum wollt Ihr den Arzt denn nicht bezahlen?« fragte der Gestrenge. »Er hat Euch doch geholfen.«

»Nein«, sagte sie, »ich sehe jetzt weniger als früher, denn vordem hat auf meiner Kommode eine goldene Schüssel gestanden – die sehe ich nicht mehr.«

Das ist dem Langfinger dann schlecht bekommen.

H. U. Megerle

VII

Von unserer Sparsamkeit und unserem Geld

Schwabenvaterratschlag

Sparsamkeit ist eine Tugend.
Während Geiz ein Laster ist.
Ach, daß unsre heut'ge Jugend
Dieses gar zu leicht vergißt.
Liebes Kind, ich bitt dich drum,
Eh du einen Kreuzer ausgibst,
Dreh ihn zweimal, – einen Groschen
Sechsmal in der Hand herum!
Solches rät dir dein Berater,
Freund und stets getreuer Vater.

EDUARD MÖRIKE
AN TOCHTER FANNY

Suebische Volksweisheit

Nicht dadurch, daß man viel einnimmt, kommt man zu etwas, sondern dadurch, daß man nichts ausgibt.

Der Hintergrund

Wie's auch spricht und dich besticht . . .
nenn es nur beim rechten Namen,
und der ganze Zauber fällt –
hinter Allem steht als Amen:
bringt es Vorteil, bringt es Geld?!

CÄSAR FLAISCHLEN

»Draht«

Der Erfinder des Kupferdrahtes muß ein Schwabe gewesen sein. Er hat einen Pfennig so lange umgedreht und sich nicht von ihm getrennt, bis eben ein dünner Draht daraus geworden war.

Zum Kugeln

Ein sparsamer Schwabe will einen Globus erwerben, der von innen leuchtet und so gleich eine Schreibtischlampe ersetzen könnte. Aber alle, die man ihm zeigt, sind ihm zu teuer. Als man ihm schließlich einen kleinen Schülerglobus ohne Licht empfiehlt, meint er: »Habet Se nicht noch ebbes einfacheres? Vielleicht en Globusle von Bade-Württemberg?«

Großhändlers Motto

Am Verdeane isch no koiner
z' Grond gange!

Heiliger Sankt Florian!

»Also, wenn jetzet mei Hof abbrennt, kriag i ne halbe Millio, stimmt des?« fragt der Emil, als er die Police unterschrieben hat. »Selbstverständlich«, sagt der Vertreter, »vorausgesetzt, das Sie die Gebäude nicht selber angezündet haben.« Drauf Emil: »Des hab i mir glei denkt, oin Hake hat die Sach doch.«

Sprichwort

Em Arme fehlt viel – em Geizige älles!

Spare, spare . . .

Der Steuerprüfer will den aufgeregten Gastwirt beruhigen: »Ich will doch nur euer Bestes, Mann.« Darauf der: »Jo freile. Aber grad sell möchta ma net hergeba.«

Stil

Als Wilhelm Hauff seinen Roman »Lichtenstein« vollendet hatte, suchte er einen Verleger und fand ihn in dem jungen, damals noch wenig bekannten Stuttgarter Frankh, dem er das Manuskript übergab. Frankh erkannte den Wert des Romans sofort, war über das zu erwartende gute Geschäft hocherfreut und sandte dem Dichter gleich einen Brief mit einer Anweisung über 1000 Gulden. Dazu schrieb er, daß Hauff es ihm nicht verübeln möge, wenn sein Schreiben in stilistischer Hinsicht etwas zu wünschen übrig ließe. Hauff antwortete: ». . . ein Brief, der 1000 Gulden enthält, ist immer in einem schönen Stil geschrieben.«

Eingeladen ist eingeladen

Einer sitzt ganz allein vor seinem Viertele. Endlich kommt ein Freund ins Wirtshaus und setzt sich zu ihm. Da ihm der einsame Junggeselle leid tut, sagt er: »Friedrich, dei Viertele zahl dr i.« Da blitzt der Schalk in dessen Auge: »I dank dr schö – *drei* han-e ghet!«

Gut geflucht

Geld – du bist eine Kupplerin der Hölle, ein Fallstrick der Seelen, eine Kette des Satans, eine Mörderin der Liebe. Eine Wurzel bist du, aus der alles Übel sprießt; ein Zunder, aus dem jedes Feuer entsteht; eine Mutter, die alle Laster gebärt; ein Erz, aus dem mancher Erzschelm entstand. Ein Fluß bist du, auf dem die Unschuld Schiffbruch leidet; ein Gift, das die Tugend dahinsiechen läßt; ein Untier, das Millionen von Menschen verschlungen hat; ein Sendling der Hölle bist du, und darum klingt Obolus und Diabolus so ähnlich.
Das Geld hat bei den Lateinern den Namen *pecunia;* das kommt vom Worte *pecus,* was zu deutsch Tier heißt; denn die ersten, so die Münzen erfunden, haben Tiere auf dieselben geprägt. Und gewiß ist kein grausameres Tier zu finden als das Geld.
(Abraham a Sancta Clara)

Hans Ulrich Megerle
1644–1709

Non olet

Man braucht kein Geld zum Glücklichsein! Das haben die Leute mit den dicken Brieftaschen erfunden, das Rezept! Die haben viel solche Sachen erdacht: Armut schändet nicht. Oder: Trocken Brot macht Wangen rot! Haben alles die Reichen erfunden. Bestimmt. Die Armen konnten zu der Zeit, als solche Sprüche entstanden sind, noch gar nicht schreiben! Also: Man braucht kein Geld zum Glücklichsein! Bloß Kredit! Und ein paar Groschen im Hinterhalt. Und eine feste Anstellung. Mit Pensionsberechtigung! Geld? Wozu noch das?

VIII

Unsere Grobheit und unsere Zärtlichkeit

Schwäbischer Willkomm
»Wenn's sei muaß, no kommet Se halt rei!«

Im Guten
Ein Weingärtner entdeckt auf einem für Fremde verbotenen Weinbergweg einen Spaziergänger. »Machsch, daß d aus meim Wengert nauskommscht, du Zigeiner, du elender, oder i henk dr s Kreiz aus ond schlag dr d Füeß a', daß d uf de Stompa hoimkrabbla muescht, du Sauhond, du liedriger!«
Der Überraschte entschuldigte sich. »Ich hab' mich nur verlaufen.« Drauf der Wengerter: »Drom sait mrs euch au em Gueta.«

Höfliche Erlaubnis
Der Eugen kommt auf sein »Stückle« und sieht, wie eine nicht mehr ganz frische Malerin ihre Staffelei aufstellt, um ihr Motiv im rechten Blickwinkel zu haben. Als sie den Besitzer nahen sieht, ruft sie ihm zu: »Darf ich hier in Ihrem Mohnfeld sitzen und malen?« Antwort: »Bleibet Se no hocke. I ha sowiaso grad e Vogelscheuch aufstelle wölle.«

Beruf auswechselbar
Als es noch eine württembergische und eine schwäbische Eisenbahn gab, fuhr einmal ein schwäbischer Schwarzwälder in der Badischen

Bahn. Der Zugführer wollte den Schwaben – wie üblich – ein wenig frozzeln. »So, bei euch werdet d' Leut erst mit vierzig g'scheit?« Der Angeredete schweigt. »Was machet er no mit dene, die net g'scheit werdet?« Antwortet der endlich: »Die werdet badische Zugführer.«

Besorgter Gatte

Im Hallenbad. Der Frieder zum Bademeister: »Sie könnet doch gwiß gut tauche, Herr Bademeister?«
»Des schon, des muaß mr könne in meim Beruf.«
Der Frieder: »Des hab i mir glei denkt. Könnet Se gelegentlich mal nach meinr Frau gucke?«
»Gern. Wo soll se denn sein?«
»Vor 'ner halben Stund isch se hier im Becke untergetaucht.«

Anschließend verschnupft

Bürgermeister und Landrat sitzen beim Viertele. Drumherum die anderen Honoratioren. Es geht hoch her. Schließlich läßt der Herr Landrat gar seine Schnupftabakdose herumgehn, eine hohe Auszeichnung. »Nemmet Se no, der putzt oim's Hirn aus ond von dem wird mr hell.« Sagt einer: »No schnupfet Sia aber von dem au no net lang . . .?«

Kompliment

Es gibt Domme ond Saudomme.
Von de Domme bischt du koiner!

Heute so – morgen so

Was goht mi mei saudomms Gschwätz
von geschtern a.

Kleine Plattheit

Besser a Glatze als gar koine Hoor!

Gogenhändel

»Du Lump, du liaderlicher! Dir zünd'
i doch noh 's Haus an!«
»Und bei dir lösch i, wenn's brennt,
Spitzbue, versicherter!«

22 von 500 schwäbischen Schimpfwörtern

Saulomp
Dipfelesscheißer
Allmachtssempel
Rotzbua
Lällabebbel
Lugabeitel
Riebeleskopf
Drecksack
Lauser
Scheraschleifer
Lahmarsch
Hosabronzer
Halbdackel
Großgosch
Schlamper
Granatefetz
Mordsschlaule
Beißzang
Maulhur
Loimsiader
Blitzkrott
Rendviech

Hochzeitsnacht

Nachdem die Hochzeitsgäste fort sind und das junge Ehepaar endlich allein ist, begibt man sich ins Schlafzimmer. Der Gustav zieht sein Nachthemd an, gibt seiner Karin, die aus Hamburg stammt – also eine »Reingschmeckte« ist –, ein Küßchen, dreht das Licht aus und sich auf die Seite. In der nächsten Nacht dasselbe. In der dritten versucht die Karin eine Annäherung und streicht ihm mit der Hand übers Gesicht. Dabei beißt er sie in den Finger. Sie erschrickt natürlich. Drauf Gustav: »Woischt, en dr Erotik, do send mir Schwabe de reinschte Deifel!«

Zärtlich

Der Bräutigam, der endlich mit seiner jungen Frau allein ist: »Du wirscht au müed sei . . .«

Zubehör

In Rommelshausen hält ein schicker Sportwagen, um aufzutanken. Der Fahrer ist ausgestiegen und holt sich noch eine Schachtel Zigaretten. Im Wagen bleibt seine Beifahrerin, eine attraktive junge Dame, sitzen. Die Dorfjugend bestaunt Auto und Inhalt gleichermaßen. »Na, solch einen Wagen möchtet ihr wohl auch haben!« sagt der Herr beim Zurückkommen. Fritzle: »Ond ob! Ond's Mensch wär au schon drin!«

Die Macht der Musik

Man erzählt, daß ein Tenor eines Tages auf der Empore ein geistliches Lied sang, und zwar mit einem so abscheulichen Organ, daß die Kirchenbesucher einer nach dem andern das Gotteshaus verließen. Schließlich war niemand mehr übrig als eine Greisin, die dem Gesang andächtig lauschte, wobei ihr Tränen über die Wangen perlten. Allmählich steigerte sich ihr leises Weinen zu herzbrechendem Schluchzen. Ihre Rührung entging dem Sänger nicht. Stolz über die Wirkung, die seine Kunst hervorgebracht hatte, zog er die andächtige Haut zuletzt ins Gespräch und fragte sie lobbegierig, welcher Teil der Hymne ihr denn so zu Herzen gegangen sei.

»Alles«, stammelte sie, »alles! Eure Stimme war es, lieber Herr . . . Sie hat mich so an den Felix erinnert. Seine Stimme tönte geradeso. Ich hab' ihn so gern gehabt, und jetzt ist er tot, mein armer, lieber Felix.«

»Der Felix war gewiß Euer Sohn?« meinte der Sänger teilnahmsvoll. »Nein«, sagte sie, während neuerlich Zähren herabstürzten, »nicht mein Sohn: mein Esel.«

Abraham a. s. Clara

IX

Von unserem Sex und unseren Weibern

Rippenstoß

Der Adam muß ein Schwabe gewesen sein – mit einem anderen hätten sie das nicht machen können!

Im Paradies

Adam geht auf die Jagd, kommt aber nicht, wie er Eva versprochen hat, bald zurück, sondern bleibt den ganzen Tag über weg. Eva ist schon recht unruhig. Endlich – die Sonne ist schon untergegangen – kommt er heim. Eva: »Wo kommscht jetzt her, so spät?« Adam: »Des woisch doch, von dr Jagd.«

Eva: »Adam! Du verheimlichst mir ebbes. Host du wirklich niemand troffe?«

Adam: »Wia käm i drzua. Du woisch doch, daß es außer ons hier niemand gibt.«

Schließlich begeben sich Adam und Eva zur Ruhe. Als er eingeschlafen ist, zählt sie – immer noch argwöhnisch – seine Rippen. Stück für Stück.

Die Venus im Hause

Die Freunde machen dem Michel Komplimente wegen seiner wirklich hübschen jungen Frau. Michel: »Worom soll i a Wüaschte nemma, a Scheene frißt au net meh.«

Zurückgenommen

Abraham a Santa Clara, der eigentlich Hans Ulrich Megerle hieß und später Hofprediger in Wien war, erklärte einmal in aller Öffentlichkeit, daß die Damen der Wiener Gesellschaft nicht wert seien, daß sie der Teufel hole. Das war zuviel. Ihm wurde befohlen, diese Beleidigung auch öffentlich zurückzunehmen. Bei der nächsten Predigt erklärte er denn auch, daß »die Frauen der Wiener Gesellschaft wert sind, vom Teufel geholt zu werden«!

Strafe muß sein

Er und sie fahren im Fahrstuhl in den siebenten Stock des neuen Kaufhauses. Er betrachtet wohlgefällig die mitfahrenden jungen Damen und genießt deren Nähe mit sichtlichem Vergnügen. Plötzlich bekommt er von einer der Damen eine kräftige Maulschelle. »Eine Frechheit, mich hier zu kneifen«, erläutert sie noch ihr Vorgehen und steigt beim nächsten Halt empört aus. Oben angekommen, versucht er, seine Frau von seiner Unschuld an dem Vorfall zu überzeugen. »Glaub mr, Schatz, i han des Mädle gwiß net zwickt . . .«
Darauf sie: »Du net – aber i!«

Bei einer Trauung

Vor lauter hochadligen Zeugen
Kopuliert man ihrer zwei;
Die Orgel hängt voll Geigen,
Der Himmel nicht, mein' Treu!
Seht doch, sie weint ja greulich,
Er macht ein Gesicht abscheulich!
Denn leider freilich, freilich,
Keine Lieb' ist nicht dabei.

EDUARD MÖRIKE
aus LUDWIGSBURG (1804–1875)

Liebeshunger

Er kommt wieder einmal volltrunken heim. Ohne Hausschlüssel. Also ruft er seinem Weib. »Berta, mach auf, i bin's, dei Guschtav!« Berta schweigt. »Liebste Berta, mach doch auf, i bin's, dei liaber Guschtav!« Berta schweigt. »Schätzle, i bin's doch, dei Guschtav, on i han de doch zom Fresse gern, Berta!« Jetzt aber ist sie da: »Zum Fresse gern? Wenn du mi saufe könnscht, no wär i scho lang he!«

Ohne Betäubung

»Franze, was hot denn deine Alte g'sait, wie du am Freitichobend erscht nach Mitternacht heimkomme bischt?«
»O nex weiter. Ond die beide Vorderzähn, die wollt i mir sowieso schon lang ziehe lasse!«

Am Parkplatz

Sie: »An was denkscht jetzt grad?«
Er: »Ans gleiche wia du, Bärbel!«
Sie: »Wenn des stemmt, muaßt mi zu heirate!«

Weiberschönheit

Zwei Tübinger Gogen gehen in Stuttgart durch die Neckaranlagen. Vor den zwei Quellnymphen am See sagt der eine: »Du, Auguscht, wenn ma dia Weiber no länger aguckt, no woiß ma airscht, was mr für en Gruuscht drhoim hot.«

Ärgerlich

»Der Paule hot scho rechts Pech mit seine Fraue. Sei erschte ist em davogloffe, sei zweite leider net.«

Temperamentssache

»Ja wie hent mrs denn, Karle, was host denn, worom hockscht denn so trüab do? Jetscht host doch airscht vor e paar Woche g'heirotet. Bischt denn et glücklich?«
»Pfeifedeckel. I han ällweil gmoint, des sei Leidenschaft bei meim Mariele – ond no hot sich rausgschtellt, älles isch bloß Asthma!«

Summertime

Gretle: »Du hoscht mr fest versproche, daß mr im Sommer heiratet . . .«

Hannes: »Jo schon. Aber ehrlich: habe mir in diesem Jahr überhaupt 'nen Sommer g'hett?«

Hexerei

In einigen abgelegenen Orten glauben die Leute heute noch an gute und böse Geister und an Hexen, die auch schon mal das Vieh verzaubern. Da aber gegen jede Hexerei ein Gegenkräutlein gewachsen ist, rief ein Bauer aus dem Allgäu, dessen Kühe allzulange nicht mehr gekalbt hatten, einen Pater, der im Geruch stand, den Teufel und seine Handlanger austreiben zu können. Der kam auch, segnete Stall und Vieh und geizte auch nicht mit geweihtem Wasser. Nach angemessener Zeit erkundigte er sich nach dem Erfolg seiner Mühen. »I bin z'friede, die Küh nemmet wieder auf«, sagte der Bauer, »aber 's nächstmol müeßet mr beim Sprenze besser obacht gebe. 's letzmol muß d' Magd au e Spritzerle erwischt hao!«

Guter Rat

»Wann ischt eigentlich de best Zeit zum Heirate?« fragt der Eisele einen, der's wissen muß. Dessen Antwort »Bis Vierzge noh net – nach Vierzge nemme« (nimmer).

Honoris causa

Das Sophiele möcht gern wissen, was ein Ehrendoktor ist. Die Mutter erklärt's so gut sie kann: »E Ehrendoktor is koi richtiger Doktor, der derf sich bloß so hoiße.« »Aso«, meint das Sophiele, »noh is des grad so wia mit dene Ehrejongfraue.«

Schonend beigebracht

Der Brautvater zum künftigen Schwiegersohn: »Magsch au Kender gern?«
Dieser: »Ha ja, freili!«
Schwiegervater in spe: »No ischs guat. Mei Mariele hot nemlich zwoi!«

In der Trambahn

Junge Mutter: »Ich möcht einmal Hauptbahnhof und ein Kind.«
Schaffner zu den Umstehenden: »Hent ihrs ghört, was dia will? Wa se ons Straßebahner älles zumuatet . . .«

Muttersprache

»Huhuhu!« heult die Sophie, »i kriag a Klois vom Schiovanni. Onds Allerärgscht isch halt no, daß i mit meim oigne Kend net schwätze ka'. I ka' net Italienisch!«

Vom Rebstöckle hängt's ab

Nachdem bei Wackerles das siebte Kind angekommen ist, fragt der eine oder andre Besucher: »Ist's nun nicht langsam Zeit, den Kindersegen etwas einzuschränken?«
Wackerle: »Jo, bei ons isch des so – wenn der Wei' gut geratet, dann krieget ma a Kindle vor Freud, und geratet der Wei' schlecht, dann krieget mr's vor Zorn!«

In Ulm, um Ulm . . .

Der Wilhelm trifft seinen Freund Martin auf der Straße. Wilhelm: »Ja, wie siehst du denn aus, Kerle? Wer hot dir denn des Aug blau g'schlage?«
Martin: »Mei Frau.«
Wilhelm: »Dei Frau? I han denkt, die wär bei ihrer Muatter in Ulm.«
Martin: »Des han i au denkt.«

Emil II.

Im Kreiskrankenhaus liegt eine Patientin in Narkose. Alles geht gut. Langsam erwacht sie schließlich aus der Betäubung. Noch nicht ganz da, ruft sie ein paarmal »Emil – Emil!«
Einige Tage später beim Abschied vom behandelnden Arzt sagt der: »Und grüßen Sie auch Ihren Emil von mir.« »Ach«, lächelt die Patientin da, »Sie kennet onsern Schofför?«

Mißverständnis

»Nur deinetwege laß i mi von meiner Frau scheide« – schreit der Otto seine Schwiegermutter an. Die schlägt die Augen nieder: »Aber *Otto!*«

Nächtliche Bekanntschaft

»Fräulein, i könnt vor Liabe glatt sterbe!«
»So? I leb drvo!«

X

Von unserem Nachwuchs und unseren Erziehern

Zu viel verlangt

Am Morgen nach der Hochzeit seiner älteren Schwester, die mit ihrem Mann vorerst noch bei ihren Eltern wohnt, fragt Fritzle an der Tür, hinter der die Neuvermählten geschlafen haben: »No? Habet ihr scho Kender?«

Aufgeklärt

Werner, der kleinste in der Familie, hat ein Schwesterchen bekommen. Nun möcht er zur Mutter und das Neugeborene begucken. »Des goht jetzt net«, sagt der Vater, »dr Storch hat dr Muater ins Bein bisse.« Meint Klein-Werner: »Oweia. Erscht die schwere Entbindong und denn des no . . .«

Darwinismus

Der Herr Sohn kommt aus der Schule. »Du, Vatter, mir dätet älle vom Affe abstamma, hot dr Lehrer gsait!«

Der Vater: »Du vielleicht, aber i net!«

Schul-Weisheit

Der Lehrer: »Bist krank, Heiner? Tut dir was weh?»

Heiner: »Noi, Herr Lehrer, krank – des grad net.«

»Und warum spielst du denn nicht mit den andern Jungen? Hast du Magenschmerzen?«
»Magaweh? Noi – des grad net.«
»Ja, was dann? Muß du aufs Häusle?«
»Jo, i sollt scho.«
»Warum gehst du denn nicht?«
»Hano – grad jetzt en dr Paus'?«

Antiautoritär erzogen

In der Straßenbahn. »Noi Kloiner, für a Kinderkart bisch z'groß. Du muascht scho voll zahla.« »Dann lasset Se aber au gefälligscht dia kindische Duzerei.«

Eigentum berechtigt

Fritzle bringt seine fast blinde Oma nach Hause. Es regnet Bindfäden. »Paß auf, Oma, daß du net ins Wasser trittst.« Gut gemeint, aber die Oma sieht ja nichts in der Dunkelheit. Also bittet sie 's Fritzle, daß er ihr genau sagt, wann eine Pfütze kommt, und dann will sie hinüberhüpfen. Da kommt auch schon die erste. »Oma – hüpf«, sagt's Fritzle. Oma hüpft. Und wieder eine. »Oma – hüpf.« Und Oma hüpft. Das macht dem Fritzle so großen Spaß, daß er sie auch ohne Pfütze hüpfen läßt. Das sieht ein Herr und stellt ihn zur Rede. Fritzle: »Des isch mei Oma, und die kann i hüpfe lasse, so oft i will!«

Zensuren

»Du Pappa, morgen machn mr en Ausflug mit dr Schul . . .«

»So, und was hascht heut fürn Zeugnis mitgebracht?«

»Ja, Pappa, der Richard, der Denger, der hat noch immer mei Karl-May-Büchle . . .«

»Wie dei Zeugnis ausgfalle is, will i wissen!«

»Ach, Pappa, du hascht doch erst neule gsagt: Hauptsach is, daß mr gsund is.«

Grüess Gott (Nieder-Alemannisch)

D'r neu Herr Pfarrer kummt in Oedschbach nî;
Bim Baumwirt kehrt 'r î.
»Grüss Gott, Herr«, sage-n-alli mitenand
Un jedes git em d' Hand.
Bloss grad 's klai Hänsli druckt sich schü un
Im Ofewinkel um. [dumm
»Saisch gli: ›Grüess Gott‹, du Dachskopf«, murrt
»Als fürri, oder 's knallt!« [d'r Alt,
G'schwind rennt 'r hî zuem Herr, d'r nudlig
Flachskopf;
Un sait: »Grüess Gott, du Dachskopf!«

AUGUST GANTHER

Beim Psychiater

»Denken Sie nach. Haben Sie schon einmal Ihre Frau betrogen?«

Karle: »Wen sonscht?«

Reputierlich

Der Herr Ziegenhals aus Heilbronn hat geschäftlich in Düsseldorf zu tun. Wie er in sein Hotel kommt, sitzen da zwei flotte Dämchen in seinem Zimmer. Er geht sofort wieder hinaus, vergleicht nochmal die Türnummer und stellt fest, sie stimmt. Also geht er wieder hinein. Die zwei Frauenspersonen lächeln ihn einladend an. Aber Ziegenhals sagt: »Höret Se amol, moine Damen, erstens ben i e a'gsehener Bürger von Heilbronn ond muaß scho deswege ond wege meine weitreichende Geschäftsbeziehunge auf mei guate Ruf aufpasse. Ond drittens ben i glücklich verhoiratet, han zwoi Kender und fünf Enkele. I muaß Sia also ernstlich bitte, daß Sie sich entscheidet, welche von Ehne uf dr Stell s'Zemmer verläßt!«

Trauring genug

Wir, deren Amt es ist, die Ehen einzusegnen, wissen ein Lied davon zu singen, was die Leute dazu treibt, vor den Altar zu treten und sich die Treue zu geloben. Alle zielen mehr nach Gold als nach goldenen Zeiten. Reiche Güter schätzt man höher als reiche Gemüter. Er ist dumm, sie ist krumm – macht nichts, wenn nur jeder ein paar Häuser hat. Er ist grob, sie salopp – schad't nichts, wenn nur beide Säcke voll Dukaten haben. Und was wird aus solchen Heiraten? Die Gatten leben miteinander wie die Uhren. Immerzu hört man sie schlagen.

Sancta Clara

Warnung

Mag eine Frau auch eine hübsche Erscheinung haben – trau ihr nicht! Die Pillen der Apotheker sind oft gleichfalls von gefälligem Aussehen, inwendig aber sind sie bitter. Laß dich nicht durch eine glatte weiße Haut betören. Auch das Silber ist weiß und besudelt doch die Hände. Laß dich auch nicht durch schöne Augen narren. Hat der Pfau nicht die schönsten Augen in seinem Gefieder? Und trotzdem vollführt er ein teuflisches Geschrei. Laß dich nicht durch glatte Züge dumm machen. Auch der Kieselstein ist glatt, und trotzdem sprüht er Funken. Laß dich erst recht nicht durch Freundlichkeit täuschen. Auch viele Kletterpflanzen wirken freundlich – sie schmiegen sich an die Bäume, ja umhalsen sie geradezu; doch dabei saugen sie ihnen die Kraft aus. Darum halte sich jeder, so ihm der Mund nach dem Ehestand wässert, folgendes vor Augen:

Eheleute brauchen gute Finger, denn sie müssen häufig durch dieselben sehen.

Eheleute brauchen einen festen Rücken, denn es wird ihnen viel aufgeladen.
Eheleute brauchen eine gute Leber, denn es läuft ihnen oft etwas darüber.
Eheleute brauchen gute Füße, denn da und dort drückt sie der Schuh.
Man könnte auch sagen: Eheleute müssen äußerst fromm sein, denn sie schleppen das ganze Leben lang ihr Kreuz.

ABRAHAM A. S. CLARA

Volksfest

Das Ernstle: »Vadder, guck emol do. Und do. Und do, Vadder . . . Vadder, kaufscht mr a Bräzel? Vadder, schau de Affen! Vadder, i möcht was trinke! Vadder, i muaß aufs Klo . . .«
Der Vater: »Jetzet laß mi endlich in Ruh mit deim saudumme Vadder!«

Besuch

Ein Stuttgarter Bäckermeister, der seinen Sohn studieren läßt, taucht überraschend in Tübingen auf, um sich einmal zu überzeugen, wie es um dessen Studien steht. Er läutet und die Zimmerwirtin öffnet. Er: »Grüaß Gott, Fraule, wohnt hier der Student Brechtle?« Sie: »Jo. Traget Se'n noh do rei, de Saufbruada!«

Traute Zweisamkeit

Will er sauer, so will ich süß,
Will er Mehl, so will ich Grieß,
Schreit er Hu, so schrei ich Ha,
Ist er dort, so bin ich da,
Will er essen, so will ich fasten,
Will er gehn, so will ich rasten,
Will er recht, so will ich link,
Sagt er Spatz, so sag ich Fink,
Ißt er Suppen, so eß ich Brocken,
Will er Strümpf, so will ich Socken,
Sagt er ja, so sag ich nein.
Sauft er Bier, so trink ich Wein,
Will er dies, so will ich das,
Singt er den Alt, so sing ich den Baß,
Steht er auf, so sitz ich nieder,
Schlägt er mich, so kratz ich wieder,
Will er hü! so will ich hott!
Das ist ein Leben, erbarm es Gott!

Wie wird's Wetter morgen?

»Komm, Christofle, laß dr dei schmutzige Hals wasche, noh därfst morge mit noch Leutkirch zur Großmueder – wenn's schö' Wetter is.« Christöfle: »Und wenn's morge regnet? Noh stand i do mit meim gwäschne Hals.«

Tübinger Tischgespräch

Erster Sohn: »Vatter, du host e Hoor am Rüaßel.«
Zweiter Sohn: »Sait mr au zu Vatters Gosch Rüaßel?«
Dritter Sohn: »Vatter, wenn de des leidst, noh bist's graißt Rendviech!«

Annonce

Im Stadtgarten. Ein noch ziemlich kleiner Bub raucht verstohlen eine Zigarette. Ein Herr kommt vorbei und sieht das. »Du fängst aber früh an, wenn ich dein Vater wäre . . .«
Drauf jener: »Des könnet Se leicht werde, mei Mutter ist Witwe und suecht grad en Mann.«

Die Polizei, dein Freund und Helfer

Ein Wachtmeister kommt gerade dazu, wie ein kleiner Bub vergebens versucht, an die Klingel der Apotheke heranzukommen. Er reicht trotz Hüpfen nicht hinauf. »Na, ich will dir mal helfen«, sagt der freundliche Polizist und hebt das Büble hoch, so daß der endlich kräftig läuten kann.
»Jetzt hoißt's aber springe, Herr Schutzmann«, sagt der – und weg ist er.

Nachbarinnen

Die Frau Scheufele: »Wisset Se, mei Soh isch genau wie sei Vadder.«

Die Frau Häufele: »Halb so schlimm – Hauptsach, daß er g'sond isch.«

Heimatkunde

Als Baden-Württemberg noch nicht bestand, sondern im Südwesten noch Württemberg und Baden getrennt existierten, fragte der Lehrer in einer kleinen Dorfschule nach der badischen Hauptstadt. Keiner kam auf Karlsruhe. Um nachzuhelfen, sagte der Schulmeister: »Also paßt auf, der erste Teil des Wortes ist ein Bubenname, der zweite Teil bezeichnet das, was wir in der Nacht haben müssen. Nun?«

Da kam als Antwort: »Friedrichshafen!«

Drei Söhne

Der Zwiederer-Willi braucht unbedingt noch etwas gegen seinen mörderischen Durst. Und da er glücklicherweise drei Söhne hat, sagt er: »Hol mer oiner gschwend e Fläschle Bier em ›Bäre‹ drübe.«

»I mueß jetzt en de Sengstund«, brummt der Älteste. »Und i zum Fueßballtraining«, weicht der zweite aus. Da sagt der Jüngste: »Vadder, laß dr doch von dene Kerle de Buckel naufsteige und gang selber. Noh kannst mir glei e Schächtle Zigarette mitbringe.«

Vorsorge

Der Herr Megerle ist grad dabei, seinem Sohn eine gehörige Tracht Prügel zu verabreichen. Bei offenem Fenster, so daß es die ganze Nachbarschaft hört. Da ruft die Frau Ruckdäschel rüber: »Aber Herr Megerle, worom verhauet Se denn 's Adölfle so?« Darauf der Erzieher: »Der brengt morge sei Schulzeugnis hoim, und i mueß heut noch verreise.«

Kinder, Kinder ...

Neulich fand ich in einer alten Chronik einen Bericht über die fruchtbarste Familie, die es in Deutschland je gegeben hat. Der Familienvorstand hieß Adam. Adam Stratzmann. Aber im Gegensatz zu seinem biblischen Namensvetter hinterließ Adam Stratzmann 38 Söhne! Achtunddreißig! Und noch 15 Töchter dazu. Er war in Bönnigheim, Kreis Ludwigsburg, zu Hause und starb hochbefriedigt im Jahre 1504. Sein Weib, also die mit 53 Kindern, war die Barbara Schmotzerin! Man hat auch festgehalten, wie es zu den 53 Rotznasen gekommen ist. Diese eilige Barbara gebar einmal Siebenlinge, einmal Sechslinge, viermal Drillinge, fünfmal Zwillinge und 18 Einzelkinder! Haben Sie mitgerechnet? Das Nachrechnen ist ja noch einfach. Aber das Nachmachen! Heute haben wir keine Frauen mehr, die 53 Kinder kriegen. Heute kommt auf 53 Frauen ein Kind. Deshalb verwöhnen wir die Bälger so. Deshalb sind wir so ängstlich. Wenn man 53 hat, da merkt man gar nicht, wenn eins fehlt. Man kann ja schließlich nicht jede Stunde nachzählen. Aber wenn man nur eines hat . . . also das ist ein Theater! Den zählt man immerzu. Ob er noch da ist.

XI

Von unserer Reisefreude und unserer Häuslichkeit

Weitgereist

Schwaben findet man überall in der Welt, denn sie lassen sich gern den Wind der großen weiten Ferne um die Nase wehen. Nicht nur heute, wo auch andere Stämme ständig auf Achse sind, sondern seit eh und je.
Man erzählt sich, daß sogar der Steuermann vom Christoph Columbus ein unternehmungslustiger Schwabe gewesen sein soll. Als sie nun anno 1492 in der neuen Welt landeten und die Indianer am Strand zusammenliefen, rief der den Rothäuten zu: »He, ihr da! Isch koiner vo Böblinge do?« Und da soll doch tatsächlich als Echo der Ruf ertönt sein: »Noi, vo Böblinge net, aber vo Sindlfinge!«

Welch Zufall!

Gespräch in der schwäbischen Eisebahne:
»Fahret Sie nach Tailfinge?«
»Noi, net nach Tailfinge.«
»I au net.«
»Ja, ja, so trefft mr enander.«

Urlaub

»Wie war's in de Ferien?«
»In dr Pension waren mr wie daheim, wie daheim.«
»Ja, ja, manchmal hot mr halt Pech.«

Auskunft

»Sie, Gepäckträger, wo läßt man sich hier am besten rasieren?«
Der: »Am ällerbeschta im Gsicht.«

Ferien auf dem Bauernhof

Na, wie gfällt's Eahne hier?«
»Sehr gut. Nur die vielen Fliegen sind lästig. Die fressen einen ja auf!«
»Hano, des send bloß harmlose Stallfliege, die ganget nur an Rindviecher.«

Auswahl

Er kehrt von einer längeren Reise zurück. Sie begrüßt ihn ungewöhnlich stürmisch. Das fällt ihm auf. Ein paar Tage später erfährt er tatsächlich, daß sie ihm nicht ganz treu gewesen ist. Er stellt sie selbstverständlich sofort zur Rede.
»Mit wem host du's g'hett?« Schweigen.
»Ist's dr Lombach-Fritz gwea?« Schweigen.
»Oder der Euges vom Bechtlehof?« Schweigen.
»Dr Christian oder dr Müller-Hans?«
Sie: »Noi. Älle net.«
Er: »Des isch wieder typisch. Koiner von meine Freund isch dir scheints guat genuag gwea, ha?«

Grenzschwierigkeiten

Der schwäbische Arzt und Dichter Justinus Kerner mußte einmal in die Schweiz reisen und die Landesgrenze überschreiten. Der Grenzer hielt ihn an. »Min Cherr, wo wöllet Se hin? Hier müsset Se Ihr Päßli visiere losse!« Kerner, in Dingen des Alltags und im Verkehr mit Behörden völlig ungewandt, blickte den Mann fassungslos an und sagte: »I hab kein Paß!«
Der Schweizer Grenzer: »Das ischt was anderes. Reiset Se glücklich.«

Erklärung

Manche Schwaben reisen nicht deshalb so viel in der Welt herum, um Neues zu sehen, sondern um ihre Alte nicht so oft sehen zu müssen!

Gebrauchtwagen

Der Käufer: Vor zwei Wochen habe ich bei Ihnen einen kleinen Opel gekauft . . .«
Verkäufer: »Stimmt. I woiß.«
Der Käufer: »Sie haben mir versichert, es wäre ein Wagen mit allen Schikanen. Heute früh will ich auf eine größere Reise gehn und er springt und springt nicht einmal an!«
Verkäufer: »Sehet Se, des war die erschte Schikane . . .«

Nahgespräch

Sie kennen doch das berühmte Gespräch an der Glastür zwischen dem Hausmädchen und dem fremden Herrn? Nicht? Klingelt da einer und sagt: »Ist die Herrschaft z'Haus?« – »Nein, s'ischt niemand da.« (Schweigen) »Wisset Sie net, ischt die Hundesteuer schon zahlt?« – »Mir habet gar kein Hund« – »No ist recht, i komm nämlich von der Poscht – ond wills Telefo nachsehe.« Das ist schwäbische Art!

Unterschied

Der Berliner geht abends »rin ins Vajnüjen« – der Schwabe geht nach Feierabend »ran an d'Arbeit«. *Uns* ist eben die Arbeit ein Vergnügen – den Berlinern ist das Vergnügen eine Arbeit!

Lebensfreude

Freut euch des Lebens! Ein Glück, daß diese schöne Zeile von einem wirklichen Dichter herrührt (Johann Martin Usteri 1763 bis 1827). Wenn das ein Beamter gewesen wäre, der den Gedanken zu formulieren gehabt hätte, wäre herausgekommen: Sie haben sich – unbeschadet sonstiger Gefühle – im allgemeinen Interesse des Staates des Ihnen anvertrauten Lebens zu freuen, widrigenfalls . . .

Ein Reklamechef hätte gesagt: Die beste Freude Deines Lebens: Das Leben selber!
Ein preußischer Unteroffizier: Alle mal herhören: Freuen!.Leben! Wegtreten!
Ein Schwabe: Erst lebe – dann freue!

XII

Von unserem Rechtsempfinden und unseren Staatsdienern

Wer hat nun recht?

Zwei haben Streit miteinander, und der Alfred will schlichten. Er hört sich die Meinung des ersten an und sagt: »Recht hoscht.« Als dann der zweite seine Ansicht von der Sache vorträgt, ist sein Wort: »Du hoscht eigentlich au recht.« Da mischt sich Alfreds Frau ein: »Also, älleboid könnet doch wohl net recht hao . . .«
»Do hoscht no du au wieder recht«, sagte der Alfred.

Aus einem Gerichtsurteil

»Der Ausdruck ›saumäßig gelogen‹ bedeutet im Schwäbischen nichts Schlimmeres als woanders der Ausdruck ›nicht ganz glaubwürdig‹, so daß darin keine Beleidigung erblickt werden kann.«

Rechtsbeistand

Der Lämmle Karl kommt zum Anwalt, um seinen Nachbarn wegen Beleidigung zu verklagen. »Der Scheraschleifer hat zu mir gsagt, i sei 's größte Rindviech, das in ganz Böblingen rumläuft.« Der Anwalt rät von einer Klage ab.
»So, ond warum?«
»Weil der am End hergoht ond den Wahrheitsbeweis antritt, ond was wollet se no dagega macha?«

Vorfahren

Richter zum Angeklagten: »Was ist Ihr Alter?« Angeklagter: »Metzger in Geislingen.«

Nachlaß

Richter: »Angeklagter, wie kamen Sie auf die Idee, das Fahrrad zu stehlen?«
Angeklagter: »Wieso stehle? Des Rad ischt an dr Kirchhofmauer gestande, noh han i denkt, dr Besitzer sei gstorbe.«

Juristische Feinheiten

Der bekannte Strafrechtler, Professor M., prüft einen Kandidaten. »Stellen Sie sich mal vor, ich verführe Ihre Braut; um welches Delikt handelt es sich da?«
»Glatter Ehebruch, Herr Professor.«
»Aber nicht doch, Herr Kandidat . . . überlegen Sie mal ruhig . . .«
»Es bleibt Ehebruch, Herr Professor.«
»Aber, Herr Kandidat, Sie sind doch noch nicht verheiratet.«
Der Kandidat: »I net, Herr Professor, aber Sia!«

Scheidungsgrund

Beim Scheidungsanwalt. Sie will sich trennen. »Hat Ihr Mann Sie vielleicht mal geschlagen?« »Noi.« »Hat er Ihnen das Haushaltsgeld vorenthalten?« »Noi.« »Und wie steht es mit den ehelichen Pflichten?« »Da könnet Se ihn packe, Herr Rechtsanwalt, der letzte Bua isch au net von ihm!«

Der Kommissar

»Was ist denn das für ein Hundle?«
»Ein Polizeihond!«
»Hano, der sieht aber gar net so aus.«
»Des soll er au net. Er isch doch e Kriminaler!«

Demokratie

Der Staat? Wer isch denn der Staat? Der Staat isch a Rendviech! *Mir* send dr Staat!

Fremdenführung

Ein Besucher vor dem Rathaus in Urach: »Und wieviel Herren arbeiten dort in dem schönen Haus?«
Der Einheimische: »I schätz, d' Hälfte!«

Auskunft

»Wie komm ich hier zum Amtszimmer des Herrn Gemeindevorstehers?«
»Ganget Se den Gang do nonter bis zu dem Schild AUFGANG VERBOTEN. Dort ganget Se zwei Treppe nuf bis zu der Tür, wo dran stoht KEIN EINGANG. Do ganget Se nei und den Gang weiter bis zur Tafel NICHT LÄRMEN. Do schreiet Se recht laut nach'm Herrn Schoberle.«

Beförderung

Im Mailändischen gab es einmal einen Fürsten, der viel Gewicht auf gutes Essen legte. Als sein Koch, der ihm jahrzehntelang treu gedient hatte, alt wurde, so daß man daran denken mußte, ihm einen Nachfolger zu geben, ließ ihn sein Herr rufen und forderte ihn auf, sich etwas von ihm auszubitten.

Der Koch überlegte eine Weile und meinte zuletzt:

»Wenn ich einen Wunsch äußern darf, so wäre es der, daß Eure Hoheit einen Esel aus mir machen.«

»Esel???« wiederholte der Fürst ratlos. »Was ist das für ein seltsames Begehren? Weshalb willst du ein Esel werden?«

Der alte Mann wagte zunächst nicht mit der Sprache heraus, gab aber schließlich dem Drängen seines Gebieters nach und erwiderte:

»Die Leute sagen, daß Eure fürstliche Gnaden an die hohen, einträglichen Posten lauter Esel setzen, und da dachte ich: Wenn es möglich wäre, ein Esel zu werden, so hätte ich auch Aussicht auf solch eine fette Pfründe.«

H. U. Megerle

XIII

Von unserem Herrgott und unserer Welt

Vergebens

Der liebe Gott hätte längst wieder eine Sintflut geschickt, wenn die erste etwas genützt hätte!

Nur nicht abnutzen!

»Ein wunderschönes Gotteshaus«, begeistert sich ein Fremder in der Kirche eines bekannten Ortes im Hohenlohischen. »Des will i moine«, sagt ein Einheimischer, »mr schonet's aber au!«

Immer höflich

Hochwürden: »Wenn du so weitersaufsch, glaubsch, du kommscht in Himmel? Da kommsch in de Höll. Und was sagsch na, wenn d in d'Höll bischt?« »Grüß Gott, Herr Pfarrer, sag i.«

Gotterkenntnis

»Man is halt saumäßig in Gottes Hand!«

Entschuldigen Sie das harte Wort

Der Ruckhäberle kommt ans Himmelstor.
»Grüß Gott, Herr Petrus. I bin der . . .«
»Ich weiß schon, wer du bist«, sagt der Himmelspförtner.
»Isch mei Weib da, d'Karoline?«
»Ja, die ist auch da, Ruckhäberle.«
»Sooo?« sagt der Ankömmling, »ond mir hot mr dronte 's Paradies versproche! 's doch älles B'schiß.«

Garten Gottes

Aus dem ererbten Stückle Unkrautwildnis hat der Hotterer einen hübschen, gepflegten Garten gemacht in seiner Freizeit. Da kommt eines abends die fromme Frau Bitzele vorbei und meint: »Das ist unserm Herrn mit deiner Hilfe aber sehr schön gelungen.« Drauf der Hotterer: »Se hättet des Stückle Land emol sehe solle, wia's onser Herr no alloi bewirtschaftet hot . . .«

Kanzelwort

Glaubet net älles, was ihr höret,
aber glaubet au net älles, was ihr saget!

Mit Vor-Liebe

Zum Pfarrer kam einer, dem man ansah, daß er in der Kirche nicht daheim war. »Was wollen Sie«, fragte der Pfarrer.

»Ein Brautpaar wär i, und am Samstag möchten wir gern, daß Sie uns trauen!«

»Ja, am Samstag geht es leider nicht. Erst am Montag, tut mir sehr leid.« – »So, erst am Montag, uns ist es egal, mir fanget am Samstag an . . .«

DIE SCHWÄBISCHE SCHÖPFUNG DES SEBASTIAN SAILER

Der liebe Gott mit seinem weißen, wallenden Umhängbart sitzt auf einer Wiese, worauf die Blumen blühen und die Vöglein zwitschern, und denkt darüber nach, welches für die Erschaffung der Welt die günstigste Jahreszeit auf dieser noch nicht vorhandenen Welt wohl sei.

Es spricht der liebe Gott:
Nix isch nix und wird nix werde,
Drum hab' i wolle a Welt gebäre.
Grad um die Zeit, wo's nimme viel schneit
Und a bessers Lüftle geit.
I bin scho längst mit der Ansicht umgange,
Da denk' i endlich: i will em Frühling anfange,
Wenn d' Lerche singet und kommet die Schwalbe,
Wenn der Schnee vergeht und blühet die Palme.
Nachdem i gschlafe wenig Nächt,
Hab' i dächt:
Jetzt geh' i dra,
Jetzt fang' i a.
Ohne Hammer, ohne Schlegel,
Ohne Bretter, ohne Nägel,
Ohne Schaufel, ohne Kelle,
Ohne Buabe, ohne G'selle,
Ohne Schiefer, ohne Stein,
I selber allein.

Doch en Mensch, der Meischter isch über die Sache,
Den muaß i zu guater Letzt mache.
Komm, Adam, komm hurtig, komm laß di erschaffe,
Du wirscht mi bald freudig ond lebendig angaffe,
Geduld, lieb's Adämle, gleich isch es g'scheh',
Bald sollsch du esse ond schwätze und seh'.
Gugg, da hasch a Härle, a pfondige Locke,
A wackers Schnautzbärtle, en Hintre zum Hocke.
Da hasch schöne Wade ond Schenkel dra',
Du musch mir halt werde a sauberer Ma'.
A kugelrunds Bäuchle, en Rücka dahinta,
A Hälsle, mer soll ja kei netters net finda.
A Gosche, zwei Auge, zwei Ohre, a Nas',
En Scheitel, a Stirn . . . gelt Adam, i ka's?

Aber es isch nix, er schwätzet ja koi Wort,
Es fehlt ihm halt am a andre Ort.
Es fehlt ihm Lebe ond Geischt,
I muaß ehn schlage über a andere Leischt.
Er regt sich ganz g'wiß,
Wenn i ehm blas schnell en's G'friß.
's Maul aufg'streckt, d' Zähn fein bleckt! Pf! Pf!
Nies zu Prob'!!

Und Adam verspürte den göttlichen Hauch und benieste sein junges Dasein kräftig: Hatschi!!

Dann sagte der liebe Gott:
Helf dir Gott! Jetzt lebt er, gottlob!
Gelt, Adam, da glotscht?

Und Adam glotzte wirklich erstaunt und fragend in das Licht der Welt und sagte:
Ja redlich, Gott Vater!

Darauf dieser:
Der und kei anderer bin i, gelt, du magscht mi?
Du bischt aber au mei Kreatur!

Und da regte sich zum ersten Male bei Adam das bißchen Verstand, das wir Menschen mitbekommen haben, und er fühlte sich zu der Frage veranlaßt:
Ja, i hab' mir schon längst 'dacht,
Wenn i nur erschaffe wur.
Aber noch eins. Woher tu i komme?
Wo habt ihr mi herg'nomme?

Und der liebe Gott antwortete ihm:
Du bisch kei Gold, kei Silber, kei Zinn,
Kei Glas, sonscht wärscht du heut no hin,
Kei Holz, kei Stahl, kei Bein,
Kei Marmor, net von Stein.
Net von Eise, net von Blei,

Rat, was dei' Materie sei?
Siehscht, do aus dem Dreck
Hab' i di, eh du g'schnappt,
Z'sammeklebt, z'sammepappt.

Und da wurde Adam klein und ein bissel verdrießlich und meinte:
Des isch ziemlich schmotzig,
Drom bin i so rotzig.

Da gab ihm der liebe Gott eine Lehre mit auf seinen Erdenweg, eine Lehre, die die Menschen immer mehr und mehr vergessen haben, die es aber schon wert wäre, daß man sie sich ab und zu uns ins Gedächtnis zurückruft. Er sagte:
Jetzo, Adam, komm und hör,
I geb' dir a Kinderlehr'!
Wenn du mal hoffärtig willsch werde,
So denk fein a bißle dra:
Was bin i denn schon auf der Erde?
I bin a rotziger Ma'.
Sobald di der Teufel aufs Bänkle
Der Hoffart will stelle, so lach
Ond hab nur des eine Gedänkle:
Nix bin i, a Dreck isch mei Sach.
Laß di von der Schönheit net blende
Ond bild' dir deswege nix ein,

Des Ding kann all's wieder verschwinde,
Denn des isch nur g'macht für de Schein.
Weil du aus'm Bode bisch g'nomme,
Dem Leib nach mit Fleisch ond mit Blut,
So denk nur, wenn d'Hoffart will komme,
Dreckbolle send eben so gut.

Einfach ausweisen

Lehrer, die kein' Nutzen schaffen,
Knecht, die bis um acht Uhr schlafen,
Faule Mädchen bei den Rocken,
Faule Mesner bei den Glocken,
Faule Meister und Gesellen,
Buben, so nichts lernen wöllen,
Faule Bettler auf der Straßen
Und Vaganten auf der Gassen,
Müßiggänger bei der Brenten,
Faule Schüler und Studenten,
Künste, die kein Brot eintragen,
Soll man all zum Land ausjagen.

ABRAHAM A. S. CLARA

XIV

Von unserem Leben und unserem Sterben

Gemütsmensch

»Vatter, sollst hoimkomme, aber schnell, d Großmuater will sterbe!« – »Host du mi verschreckt, i ha scho gmoint, dr Kanari sei durch.«

Zu teuer

Omesonst isch dr Tod, ond der kost au noch s Leba.

Zu blöd

Beim Holzfällen ist der Bechle von einem fallenden Baum erschlagen worden. Sein Kollege konnte sich erfreulicherweise durch einen raschen Sprung zur Seite retten. Nach einiger Zeit trifft die Frau des Davongekommenen die Witwe Bechle und fragt, wie es ihr denn nun gehe. »I möcht net klage«, sagt die, »d'Versicherong hot mr anstandslos bare zehntausend Mark auszahlt.«

»Was«, entrüstet sich da die andre, »zehntausend Mark? Ond da sprengt mei Sempel weg?«

Eins nach dem andern

Auguscht liegt im Sterben. Sein Weib ist zehn Jahr jünger, und da Auguscht ein real denkender Mensch ist, spricht er mit ihr darüber, wen sie nach seinem Ableben heiraten könnte.

»I mein, der Karle Seibold wär dr richtge Ma' für di.«
Sie aber: »Wie kommscht denn auf den, Auguscht? Der isch nix.«
Auguscht: »No wia wärs denn mit'm Küfer-Horst?«
Sie: »Was? Der glumpet Kerle? Nia!«
So geht's noch ein Weilchen hin und her. Alles was Auguscht vorschlägt, findet bei ihr keine Gnade. Schließlich sagt die Agathe:
»Jetzt stirbscht no z'erscht emol. No werdet mr scho weiterseah!«

Na denn . . .

»Guet, daß dr Korle gstorbe isch,
er hät so nemma lang gleabt.

Urlaubsflaute

Die Wickert-Institute in Tübingen befragen die Leute laufend nach allem möglichen. Kommt so ein Interviewer eines Tages auch zum Totengräber Gottlieb in M. Irgendwie muß er das Gespräch ja beginnen. »Na, viel zu tun?« sagt er so hin. Da muß er hören, daß das ›Geschäft‹ besser sein könnte. »Wisset Se, dia Dokterles send fast älle in d'Ferien gfoahre, do sterbet net viel Leut.«

Totsicher

Der Dorfälteste: »I bin jetzt au scho übr neunzig . . . i muaß au bald ans Sterbe denke . . . Aber des isch net so arg . . . des werd i au no überlebe . . .«

Wie's grad kommt

Mancher stirbt ganz leicht,
und mancher wird fascht he derbei.

Frei erfunden

In Glöcklesbach ist der Nichtstuer Gottlieb nach einem langen Leben voll Müßiggang gestorben. Galgastrick haben sie ihn geheißen und triaber Gottlieb und Nixnutz. Nun ist er eingeäschert und die Schimpfwörter sind verstummt.
Aber ganz ohne üble Nachrede geht es dann doch nicht ab. »Sei Lebtag hot'r koin Fenger krumm gmacht – no soll'r wenigschtens jetzt ebbes schaffe!« sagt die fleißige Verwandtschaft und füllt seine Asche in eine Eieruhr.

Letztes Wort

Die letzten Worte des schwäbischen Philosophen Hegel – er starb 1831 in Berlin – sollen gelautet haben: Von allen meinen Schülern hat mich nur einer verstanden – und der hat mich falsch verstanden.

Trost

Elend gleabt isch allweil no besser
als schön gstorba.

Klarer Fall

Wenn ois von ons zwoi stirbt,
no ziag i nach Merklingen.

Zeit lassen!

Der Herr Pfarrer, der dem alten Kilian den letzten Beistand geben will, sieht, daß es jeden Augenblick mit dem zu Ende gehn kann. Deshalb murmelt er das Vaterunser so schnell, wie man es sonst von ihm nicht kennt. Da richtet sich der Alte noch einmal auf und sagt: Nur net hudle, Herr Pastor, i laß me net gern hetze!

Zumutung

Der Brosämle hat's Dasein satt und will sich aufhängen. Aber seine Frau kommt rechtzeitig dazu und schneidet den Strick resolut durch. »Des dät dir so passe, en d'Sarg neilege ond nix do!«

Rien ne va plus

Dem Eugen seine Agathe ist auf'm Weg zum Himmel. Die ganze liebe Verwandtschaft hat sich am Totenbett versammelt, und der Eugen schluchzt: »So a Elend! Daß au des grad jetzt komme muß!«
Plötzlich fällt die Hand der Toten ein wenig aus ihrer Lage. Ob dieser Bewegung zunächst erschrocken, ruft der bedauernswerte Witwer: »Da geiht nix mehr – gstorbe is gstorbe!«

Ohne Überschrift

Es läutet. Frau Pfleiderer ist im Bad.
»Wer ischt do?«
Der Polizist: »D'Polizei. Wir bringet Ihren Ma'. Er ischt veronglückt . . .«
Frau Pfleiderer: »I ka jetzt net uffmache, i bin in der Badwann. – Was isch denn passiert?«
Polizist: »Die große Straßenwalz hat ihn überfahre.«
Frau Pfleiderer: »So? Da könnet Se ihn jo unter der Tür durchschiebe . . .«

Hoffnungsschimmer

Solang mr sengt, ist d Kirch net aus.

XV

Von unserem Witz und unserem Humor

Empfehlung

Nicht nörgeln
und schnörkeln –
sondern lachen
und machen!

CÄSAR FLAISCHLEN AUS STUTTGART
(1864–1920)

Lächerlich

Manche Leute wundern sich, daß Komiker, Humoristen, Lustspieldarsteller und ähnliche Menschen im Privatleben oft sehr ernst sind. Wie aber sollten die sonst ihre Freizeit genießen? Oder moinet Se, daß en Postbeamter em Urlaub Briefmarke stempelt? Also.

Unter Kollegen

Justinus Kerner hatte sich nach langen Jahren endlich einmal einen schönen neuen Hut gekauft. Als er damit in Begleitung seines Sohnes in Stuttgart am Schillerdenkmal vorbeikam, zog er den Hut tief und sagte: »Der erste Gruß mit meinem neuen Hut soll einem großen Manne gelten!«

Theaterpause

Der Walter kommt beim Klingeln wieder in den Zuschauerraum und fragt einen Herrn: »Waret Sie des, dem i vorhin beim Nausganga uf de Zeiha dappt bin?« »Ja, das war ich«, antwortet der, »aber so schlimm war's auch wieder nicht.« Der Walter: »Freilich net. I han au bloß wissa welle, ob des mei Reihe isch.«

Do it yourself

Als Theodor Heuss noch Bundespräsident war, gab er einem vor seinem Amtssitz stehenden Wachposten einen Briefumschlag mit den Worten: »Werfet Se mir den doch gschwind in den Postkaschten drüben – ich paß solange selber auf mich auf.«

Bescheiden geworden

Der Doktor: »Leiden Sie noch immer an Blähungen?«
Frieder: »Was hoißt leida? Des isch do mei oinzigs Vagniega!«

Fluchwürdig

Der Herr Pfarrer und 's Fritzle fahren zufällig im selben Abteil nach Endersbach. Plötzlich macht der Zug einen Ruck und Fritzles Koffer hagelt herunter und dem Herrn Pfarrer auf den Ranzen. Fritzle: »Jetzt sottet Se halt emol aoverhohle ›Hemmelherrgottsausakrament‹ sage derfe, gellet, Herr Pfarrer?«

Höflichkeit

Die Tübinger Professoren Häring und Reischl begegnen sich. Reischl will dem Älteren an der Türe den Vortritt lassen. Der aber sagt: »Erscht kommt des Räuschl, dann kommt der Hering.« Und lachend hielten sie es fortan so.

Extra-Super

Im Wirtshaus kommt man nach mehreren Viertele schon mal auf dumme Gedanken. Dann fängt man's Wetten an. So auch kürzlich in der »Kanne« zu S. Sagt da doch einer, er könne mit verbundenen Augen alle Flüssigkeiten voneinander präzis unterscheiden. Man wettet. Er wird beim Wort genommen. Nachdem er verschiedene Getränke und sogar einige auswärtige Weinsorten richtig erraten hat, nimmt er einen kräftigen Schluck aus einer neu gereichten Flasche. »Zom Teifel – des isch ja Benzin!«
»Na ond? Ischt des no Esso oder Aral?«

Kunststück

Mach a Faust, wen d'koi Hand host . . .

Fröhliches Mädchen

Nimmer verkümmere dir die Laune der
grämlichen Herrin,
Mädchen, dein Göttergeschenk: Sanglust,
fröhlichen Sinn!
Fülle nur freudigen Muts mit schmetterndem
Liede die Wohnung,
früh schon, wie du's gewöhnt, silbernem Lachen
gesellt.
Dir auch kommt einst die Zeit des Verstummens,
die traurige! –
Darum singe, soviel du vermagst!
Lache, solang du es kannst!

CHRISTIAN WAGNER
AUS WARMBRONN (1835–1918)

Oimol Sonn

Oimol Sonn ond oimol Rege-n
Oimol wüest ond oimol schö,
Oimol O'glück, oimol Sege-n,
Ond emol no gar nex meh.

Ond de ka'st koi Stond lang hebe,
Was net selber hebe will;
Uf ond a' ond wieder ebe-n
ist s e-n oiziger April:

Oimol Sonn ond oimol Rege-n,
Oimol wüest ond oimol schö,
Oimol O'glück, oimol Sege-n,
ond emol no gar nix meh.

CÄSAR FLAISCHLEN

Schlußwort

I sag gar nix meh,
ond soviel wer i au no
saga dürfe.

Literatur

»Der Witz der Schwaben« aus der Reihe LANDSCHAFTEN DES HUMORS von Heinz-Eugen Schramm

»Schwaben-Spiegeleien« von J. Wendehals und B. Knöpfle

»Schwäbische Sprichwörter und Redensarten« von M. M. Bosch und J. Haidle

»Tübinger Gogen-Witze« von Heinz-Eugen Schramm

»Heiteres Schwabenbrevier« von Fr. G. Brustgi

»Schwaben wie es lacht« von Heinz-Eugen Schramm

»Deutschland deine Schwaben« von Thaddäus Troll

»Über den Umgang mit Schwaben« von Olaf Saile

»Lerne Lachen ohne zu klagen« von Willy Reichert

»Mir reichert's«, Betrachtungen eines Vierteles-Philosophen, von Willy Reichert

Diverse Ausgaben der *»Fellbacher Zeitung«*